JN254221

源氏物語を彩るひとびと

米田明美
中葉芳子

青簡舎

目次

紫式部について

平安時代、物語は女子どもの手慰みに読むものと考えられ、創作されても作者の名前まで伝わる作品は非常に数少ない。その中で、『源氏物語』は早くから作者名が伝わる稀有な物語である。本名こそ断定できないものの、藤原為時の娘で一条天皇の中宮彰子に仕えた女房名「紫式部」という女性である。他に『紫式部日記』『紫式部集』を残している。

当時の女性の行動は、公の記録や男性貴族の日記などに記録されることがほとんどないため、紫式部がいつ生まれ何歳で亡くなったかということはわからない。生年については諸説（九七〇年・九七三年・九七八年）あるが、ここでは一応その中間の九七三年誕生として年譜を挙げる。

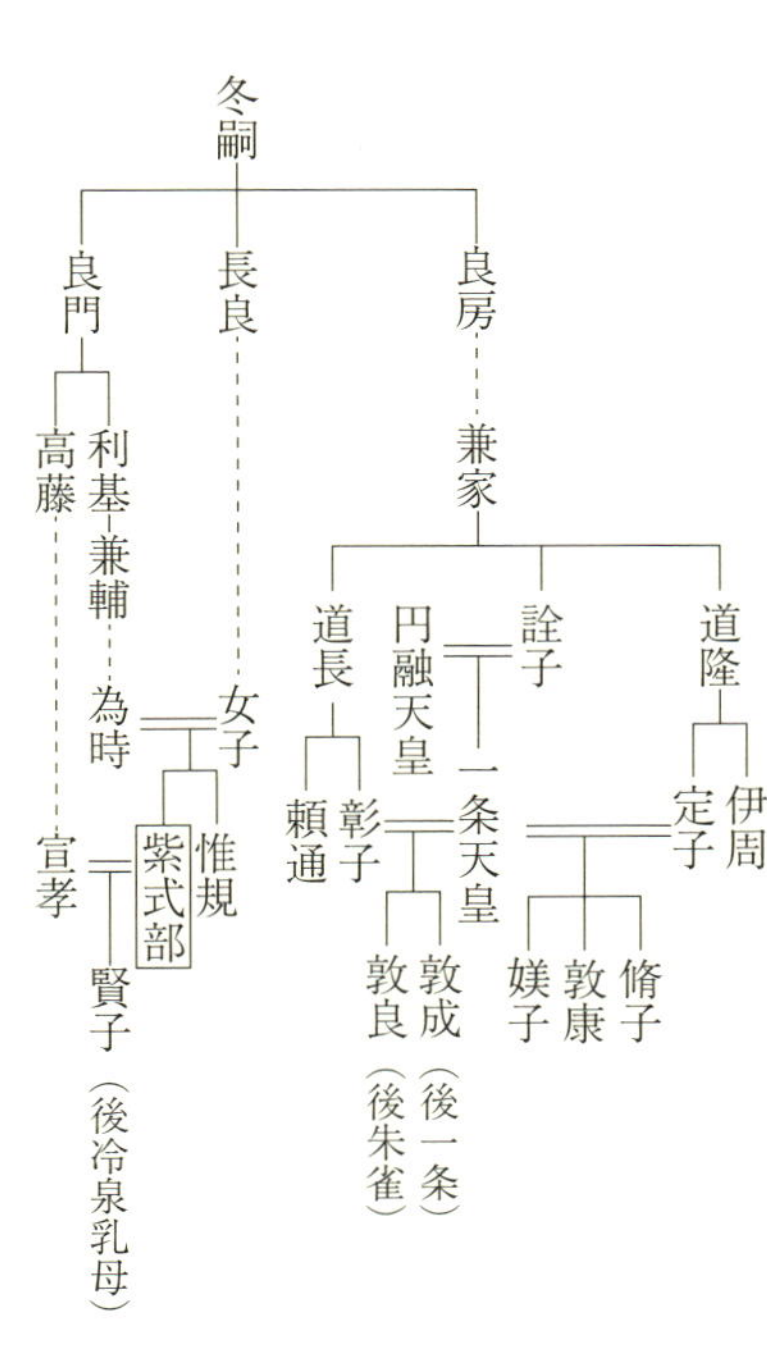

天皇	西暦	和暦	推定年齢	事項
円融	九七三	天延三	1	紫式部誕生。父は藤原為時、母は藤原為信の娘か。姉と兄惟規がいた。 その後弟惟通が誕生。母は幼い頃亡くなったか。
	九七七	貞元二	5	父為時、東宮（後の花山天皇）読書始の儀に尚復を務める。
花山	九八四	永観二	12	八月、円融天皇譲位。十月、花山天皇即位、為時、式部丞に。
一条	九八六	寛和二	14	六月、花山天皇出家、退位。為時、官を退く。七月、一条天皇即位。
	（年次不明）			母代りの姉亡くなる（紫式部集）。
	九九〇	正暦元	18	藤原道隆の娘定子十四歳、一条天皇のもとへ入内。
	九九五	長徳元	23	道隆関白を辞し、出家後没。
	九九六	二	24	為時、越前守に任ぜられ、紫式部とともに下向。 十二月、定子に脩子内親王誕生。藤原伊周（定子の兄）ら左遷。
	九九八	四	26	式部京に戻り、このころ藤原宣孝と結婚か。
	九九九	長保元	27	十一月、藤原道長の娘彰子十二歳で入内。定子に敦康親王誕生。
	一〇〇〇	二	28	二月、彰子中宮に、定子皇后となる。賢子（後の大弐三位）誕生。 十二月、定子に媄子内親王誕生、定子まもなく崩御。
	一〇〇一	三	29	為時、越前より帰京。四月、宣孝没（紫式部集）。
	（年次不明）			『源氏物語』の一部を書き始めたか。
	一〇〇四	寛弘元	32	十二月二十九日、中宮彰子のもとに出仕（寛弘二～四年説有、紫式部日

				記）。藤式部と呼ばれる。
	一〇〇八	五	36	九月、彰子に敦成親王（後の後一条天皇）誕生。十一月、御五十日の賀。 『源氏物語』の冊子作り（紫式部日記）。
	一〇〇九	六	37	十二月、彰子に敦良親王（後の後朱雀天皇）誕生。
三　条	一〇一一	八	39	六月、一条天皇譲位、崩御。三条天皇即位。
	一〇一三	長和二	41	五月二十五日、式部、彰子と藤原実資の取次役をするか（小右記）。 これ以降、式部の消息不明。
	一〇一六	五		為時、三井寺で出家。三条天皇譲位、後一条天皇即位。
	一〇一八	寛仁二		為時、藤原頼道邸の屏風に漢詩を献上（小右記）。 これ以降、為時の消息不明。
後一条	一〇二一	治安元		『更級日記』の作者、『源氏物語』を請う。

＊　＊　＊

父藤原為時の生没年は不明だが、元服後大学寮紀伝道に進み、菅原道真の孫で文章博士文時に師事した。九七七年には、後に花山天皇となる東宮の尚復（教授した箇所の復唱を行う）を務め、花山天皇が即位すると式部丞に任ぜられ、六位蔵人にも補せられた。ところが花山天皇が藤原兼家の謀略で出家退位すると、為時も官を辞することとなり、この後ほぼ十年間役職に就いていない。長徳二年越前守に任ぜられ、紫式部も同行したことが『紫式部集』の歌からわかる。

式部の母は、従四位上常陸介(ひたちのすけ)藤原為信(ためのぶ)の娘であろうとされる。為時との間に、式部以外に姉・兄惟規・弟惟通をもうけたが、『紫式部日記』『紫式部集』などにも母については一言も言及がないことから、式部が幼い頃亡くなったと考えられる。弟の出産直後あたりか。その後姉が母代りとなり式部らを育てたが、その姉も早くに亡くなったようで、『紫式部集』十五番歌に悲しみの歌がある。父為時が漢籍を兄（弟か）に教えていたところ、傍らで聞いていた式部の方が早く覚えてしまい、「この子が男であったら」と父を嘆かせたという『紫式部日記』の記述は有名である。

式部の結婚は、父とともに下った越前から一人帰京していることから、長徳四年ごろか。相手の藤原宣孝(のぶたか)は式部より二十歳以上も年上で、同じ受領(ずりょう)階級であった。父為時がなかなか官職に恵まれなかったのとは違い、越前守や山城守(やましろのかみ)などを歴任していた。既に何人もの妻と式部より年長の子がいたらしい。どのような経緯で結婚に至ったかは詳らかではないが、長保二（一〇〇〇）年頃に娘賢子が誕生していることからも、結婚後は穏やかな日々を送っていたようだ。ところが長保三年四月二十五日宣孝が突然亡くなる。当時疫病(えきびょう)が流行しており、宣孝の死もこれ拠るものではないかとされる。わずか二～三年の結婚生活であった。幼い娘をかかえて夫を失った悲しみの歌が『紫式部集』四十八・五十四番歌などにある。

式部の宮中出仕は、宣孝の死から数年後のことである。おそらく出仕前までに『源氏物語』の一部が書かれ、既に流布し評判になっていたのであろう。いつ書き始めたのかについては諸説ある。その評判を聞きつけ、娘の、一条天皇中宮彰子の女房を探していた道長が白羽の矢を立てたのであろう。道長の兄道隆の娘定子も一条天皇のもとに入内しており、女房として清少納言がいた。紫式部の宮中への出仕日が十二月二十九日であったことは、『紫式部日記』の記述から判明している。ライバルであった皇后定子は既に亡くなり、彰子は当時十六・七歳。入内して四〜五年経つがまだ子は恵まれていなかった。和泉式部（いずみしきぶ）・赤染衛門（あかぞめえもん）・伊勢大輔（いせのたいふ）など文学史を彩る女性歌人・作家たちが彰子の女房として集められる。その後式部は時折里下がりをしながら女房生活を続け、『源氏物語』の執筆を続けていたと考えられる。

寛弘五（一〇〇八）年、道長念願の敦成親王（後の後一条天皇）が誕生。その詳細は『紫式部日記』に記されている。五十日の祝宴を経て、敦成親王と彰子が宮中還啓の際に書写された本は、『源氏物語』であったとされる。

その後の式部の消息に関して、紫式部が何歳まで中宮に仕え、いつ亡くなったかについては記録がなく不明としか言えない。消息の判明する最後の記録は、長和二（一〇一三）年五月二十五日、東宮敦成親王の病見舞いのため参内した藤原実資（さねすけ）を皇太后彰子に取り次いだ女房は「越後守為時女」つまり紫式部であったと、実資が自らの日記『小右記（しょうゆうき）』に記している。その頃までに『源氏物語』が完成していたのか、また式部は晩年出家したのかなどについては憶測の域をでない。

歌人としての式部は、中古三十六歌仙の一人であり、『後拾遺集』以下の勅撰集に五十八首入集している。私家集『紫式部集』があり、小倉百人一首にも入る。その百人一首に採られた「めぐり逢ひて見しやそれとも分かぬまに雲隠れにし夜半の月かな」（『紫式部集』一番歌）は、幼馴染との別れの際に贈った歌である。

「絵入源氏物語」について

『源氏物語』は千年前に紫式部が執筆したことは誰もが知るところであるが、成立当時の読者はごく限られた上流貴族のみであった。十数年後『更級日記』の作者（菅原孝標の娘）の記述などから中流貴族（受領階級）へと読者層は広がっていったことがわかるが、誰もがこの本を手にし読むことできるようになるのは、江戸時代になり印刷技術（版本）の登場を待たなければならない。

江戸初期に（一六〇〇年頃）古活字本（嵯峨本）が登場し、幾多の活字本が誕生した。その後多くの本が、版木という板に文字や絵を彫り込み印刷された。本屋という職業が登場し、職業作家も現れた。寺子屋により多くの人々が読み書きできるようになり、多数の本が印刷された。中でも後世の文学や文化に大きな影響を与えた『源氏物語』は人気の書物であった。その中で特に多く読まれたのは、「絵入源氏物語」である。『新訳源氏物語』を著した与謝野晶子が愛読していた『源氏物語』もこれである。

「絵入源氏物語」は、山本春正によって慶安三（一六五〇）年に初版が刷られた。各巻ごとに数枚の挿絵を入れ、物語本文に読点や濁点、簡単な傍注が記されていて、読みやすく工夫されている。「源氏目案」（『源氏物語』の注釈をいろは順に配列したもの）「源氏系図」「源氏引歌」（古来の注釈書に挙げる引歌を列挙したもの）などの別冊をつけ六十冊で刊行された。大部ではあるが、よほど需要があったのであろう、何度も版を重ねて、後こ

「絵入源氏物語」
右に文章が入り左に一頁分挿絵が入る。この挿絵は桐壺巻で、桐壺更衣が玉のような皇子（後の源氏）を抱いて帝の前に進む様子が描かれている。

れを模した横本や小本なども出版されるようになった。

本書はこの「絵入源氏物語」を底本にし、表記・句読点については、適宜改めている。傍注は必要に応じて語釈に採り入れた。会話は「　」を付し、話者名は版本を参考に右上に（　）で明示したが、現在の研究状況に応じ改めた箇所もある。

本書の底本は、甲南女子大学図書館蔵「源氏物語（絵入）」を用いた。該本は、山脇毅氏旧蔵本である。山脇氏は著名な源氏学者であり、『源氏物語』河内本※を発見するなど書誌学的な業績も多い。

※本文系統…書写する際写し誤りなどが生じることにより、多くの異文をもつ諸本が誕生した。その中で現在最も流布しているのは、鎌倉初期に藤原定家が校訂した青表紙本系統である。山脇氏は、それとは別に鎌倉初期に源光行・親行親子が校勘した河内本の存在を発表した。この二系統以外は、別本と称される。近年、この本文系統の見直しも進められている。

藤壺

先帝の四宮。母は后の宮。同母兄弟に兵部卿宮がいる。

桐壺更衣亡き後、桐壺帝の後宮に入り、そこで源氏から理想の女性と慕われる（桐壺巻）。里下がりをした際、源氏と一夜の逢瀬を持ち、懐妊する（若紫巻）。皇子（後の冷泉帝）を出産し、中宮となる（紅葉賀巻）。

桐壺帝が譲位し崩御した後、源氏の恋情から逃れるため出家する（賢木巻）。

源氏が須磨・明石から帰京してからは、さまざまな面で源氏を後援し、共に冷泉帝の御代を盛り立てていく（澪標・絵合巻）。

三十七歳大厄の年、崩御する（薄雲巻）。

源氏の恋慕（桐壺巻）

桐壺に局（つぼね）を賜る更衣は、帝の寵愛を一身に受け、他の妃にねたまれいじめられながらも宮仕えを続けていた。やがて男皇子（源氏）が生まれるが、更衣は心労のあまり世を去った。

亡き更衣への想いから、帝は更衣に生き写しの女性である先帝の四宮（藤壺）を妃に迎えた。亡き母を慕う源氏は藤壺に心惹かれていく。源氏は十二歳で元服し、葵の上と結婚したが、心の中には藤壺への想いがあった。

年月に添へて、御息所（みやすどころ）の御ことを思（おぼ）し忘るる折なし（中略）先帝（せんだい）の四宮（しのみや）の、御容貌（かたち）すぐれたまへる聞こえ高くおはします、母后（ははきさき）世になくかしづききこえたまふを、上（うへ）にさぶらふ典侍（ないしのすけ）は、（中略）（典侍）「亡（う）せたまひにし御息所の御容貌に似たまへる人を、三代（みよ）の宮仕へに伝はりぬるに、え見たてまつりつけぬに、后（きさい）の宮の姫君こそ、いとようおぼえて生ひ出でさせたまへりけれ。ありがたき容貌人（かたちびと）になむ」と奏（そう）しけるに、まことにやと御心（みこころ）とまりて、ねむごろに聞こえさせたまひけり。（中略）藤壺と聞こゆ。げに、御容貌ありさま、あやしきまでぞおぼえたまへる。（中略）思（おぼ）しまぎるるとはなけれど、おのづから御心移ろひて、

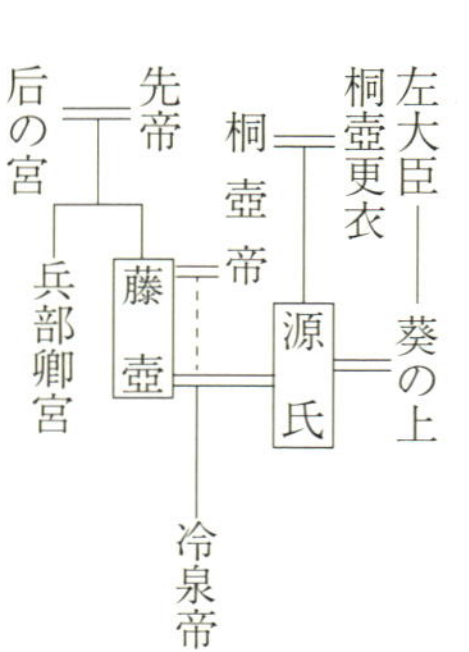

桐壺＝後宮の殿舎の一つ。「淑景舎（しげいしゃ）」とも。
局＝部屋。
御息所＝桐壺更衣。源氏の生母。
先帝＝先代の天皇。桐壺帝との系譜関係は不明。
母后＝四宮の母である先帝の后、の意。
上＝桐壺帝。源氏の父。

こよなく思し慰むやうなるも、あはれなるわざなりけり。

源氏の君は、御あたり去りたまはぬを、ましてしげく渡らせたまふ御方は、え恥ぢあへたまはず。いづれの御方も、われ人に劣らむと思いたるやはある、とりどりにいとめでたけれど、うち大人びたまへるに、いと若ううつくしげにて、切に隠れたまへど、おのづから漏り見たてまつる。母御息所も、影だにおぼえたまはぬを、(典侍)「いとよう似たまへり」と、典侍の聞こえけるを、若き御心地にいとあはれと思ひきこえたまひて、常に参らまほしう、なづさひ見たてまつらばや、とおぼえたまふ。上も限りなき御思ひどちにて、(帝)「な疎みたまひそ。あやしくよそへきこえつべき心地なむする。なめしと思さで、らうたうしたまへ。つらつき、まみなどは、いとよう似たりしゆゑ、かよひて見えたまふも、似げなからずなむ」など聞こえつけたまへれば、幼心地にも、はかなき花紅葉につけても心ざしを見えたてまつる。(中略)世にたぐひなしと見たてまつりたまひ、名高うおはする宮の御容貌にも、なほにほはしさはたとへむ方なく、うつくしげなるを、世の人、光る君と聞こゆ。藤壺ならびたまひて、御おぼえもとりどりなれば、かか

典侍＝内侍司の次官。

三代の宮仕へ＝先々代の帝の時代から今の桐壺帝まで、三代にわたって宮仕えをしてきた。

后の宮の姫君＝「先帝の四宮」と同じ人物。

藤壺＝先帝の四宮は、藤壺に局を賜ったので「藤壺」と呼ばれる。藤壺は後宮の殿舎の一つ。飛香舎とも。

げに＝典侍が言ったとおり。前に典侍が述べた「后の宮の～生ひ出でさせたまへりけれ」を受ける。

源氏の君＝ここまでに臣籍降下がおこなわれたか。ここで初めて「源氏の君」と称される。

しげく渡らせたまふ御方＝藤壺を指す。

なづさひ＝身近に馴れまといつくこと。

御思ひどち＝ご寵愛仲間。源氏と藤壺とをいう。

よそへ＝ここでは、藤壺を源氏の母親に見立てることをいう。

心ざしを見えたてまつる＝自分の好意をお見せ申し上げる。「見ゆ」は、お見せする。

見たてまつりたまひ＝桐壺帝が藤壺を。

にほはしさ＝源氏の美しさ。視覚的な美しさ、照り映えるような美しさをいう。

光る君＝「光る」は最高の褒め言葉。美貌の人物を「光る」と形容する例は多い。

かかやく日の宮＝「光る」からの連想で「輝く」と世間の人が名付けた。「日の宮」は「妃の宮」とする説もある。

やく日の宮と聞こゆ。（中略）

源氏の君は、上の常に召しまつはせば、心安く里住みもえしたまはず。心のうちには、ただ藤壺の御ありさまを、類なしと思ひきこえて、さやうならむ人をこそ見め、似る人なくもおはしけるかな、大殿の君、いとをかしげにかしづかれたる人とは見ゆれど、心にもつかず思えたまひて、幼きほどの御ひとへ心にかかりて、いと苦しきまでぞおはしける。

大人になりたまひて後は、ありしやうに御簾の内にも入れたまはず。御遊びの折々、琴笛の音に聞きかよひ、ほのかなる御声を慰めにて、内裏住みのみ好ましう思えたまふ。

里住み＝私邸（ここでは妻葵の上のいる左大臣邸）で過ごすこと。
見め＝妻にしたい、の意。ここでの「見る」は、結婚すること。
大殿の君＝源氏の妻となった葵の上。左大臣の娘。
大人＝元服して成人となったこと。
内裏住み＝「里住み」に対する語。亡き母の局である桐壺を曹司にしている。

《源氏元服の儀式》

源氏との密通（若紫巻）

北山での病気療養中、藤壺に似た少女（紫の君）を見出した源氏は、その少女を引き取ろうとしたが、少女の年齢もあり、一向に話は進展しなかった。

その頃、藤壺は病気療養のため宮中を退出した。源氏は王命婦に手引きをさせ、藤壺と一夜の逢瀬を持った。その結果、藤壺は懐妊し、源氏は夢解(と)きによりそのことを知る。

藤壺の宮、悩みたまふことありて、まかでたまへり。上(うへ)の、おぼつかながり、嘆ききこえたまふ御気色(けしき)も、いといとほしう見たてまつりながら、かかる折だにと、心もあくがれ惑(まど)ひて、何処(いづく)にも何処(いづく)にも、まうでたまはず、内裏(うち)にても里にても、昼はつれづれと眺め暮らして、暮るれば、王命婦(わうみやうぶ)を責め歩(あり)きたまふ。

いかがたばかりけむ、いとわりなくて見たてまつるほどさへ、現(うつつ)とは思(おぼ)えぬぞ、わびしきや。宮も、あさましかりしを思(おぼ)し出づるだに、世とともの御もの思ひなるを、さてだにやみなむと深う思(おぼ)したるに、いと心憂くて、いみじき御気色(けしき)なるものから、なつかしうらうたげに、さりとてうちとけず、心深う恥づかしげなる御もてなしなどの、なほ人に似させたまはぬを、などか、なのめなることだにうち交じりたまはざりけむと、つらうさへぞ思(おぼ)さるる。何ごとをかは聞こえ尽くしたまはむ。くらぶの山に宿りも取らまほしげなれど、あやにくなる短夜(みじかよ)にて、あさましうなかなかなり。


藤壺の宮＝藤壺がこのように呼称されるのは当該箇所のみ。

上＝桐壺帝。

あくがれ＝魂が肉体から離れること。ここでは、藤壺のことが気になって、そわそわと落ち着かない源氏の様子。

何処にも何処にも＝他に通う女性の所へは、の意。

王命婦＝藤壺付きの女房。「命婦」は、ここでは、中級女房の称。

いとわりなくて～わびしきや＝つかの間の逢瀬を嘆く源氏の心中を表す。源氏は、無理な算段をしてやっと叶った逢瀬ですら現実とは思えないのがつらくやり切れないのである。

宮＝藤壺。

あさましかりし＝これ以前に、源氏との最初の逢瀬があったことを暗示する書き方。

世とともの＝（寝ても覚めても）常に、の意。

つらう＝恨めしい。「つらし」は、相手の仕打ちや態度が冷たいことに対する気持ち。

くらぶの山＝歌枕であるが、場所には諸説がある。暗いという名のくらぶ山ならば、いつまでも夜が明けないだろうから、という気持ち。

短夜＝初夏（四月）なので、夜が短い。

（源氏）見てもまたあふよまれなる夢のうちにやがて紛るる我が身ともが
な

と、むせかへりたまふさまも、さすがにいみじければ、

（藤壺）世語りに人や伝へむたぐひなく憂き身を覚めぬ夢になしても

思ほし乱れたるさまも、いと道理にかたじけなし。命婦の君ぞ、御直衣などは、かき集め持て来たる。

殿におはして、泣き寝に臥し暮らしたまひつ。御文なども、例の、御覧じ入れぬよしのみあれば、常のことながらも、つらういみじう思しほれて、内裏へも参らで、二三日籠もりおはすれば、またいかなるにかと、御心動かせたまふべかめるも、恐ろしうのみ思ほえたまふ。

宮も、なほいと心憂き身なりけりと思し嘆くに、悩ましさもまさりたまひて、とく参りたまふべき御使しきれど、思ほしも立たず。まことに御心地例のやうにもおはしまさぬは、いかなるにかと、人知れず思すこともありければ、心憂く、いかならむとのみ思し乱る。


「見てもまた」歌＝「あふよ」は「逢ふ夜」に「合ふ世」を掛ける。「見る」「合ふ」「夢」は縁語。

「世語りに」歌＝源氏と藤壺との初めての贈答歌。

直衣＝男性貴族の日常着。→参考図
殿＝二条院。源氏の私邸。母桐壺更衣の里邸を改築した。

例の＝物語には具体的に書かれていないが、藤壺は普段から手紙のやり取りすら拒否していることがわかる。このすぐあとにも「常のことながらも」とある。

またいかなるにか＝若紫巻冒頭で源氏は病を患っていたので、帝は父として再発が案じられるのであろう。

人知れず思すこともありければ＝妊娠による悪阻ではないか、と藤壺は思うのである。

《源氏、藤壺と逢う》

冷泉帝出産（紅葉賀巻）

懐妊中の藤壺のため、十月、朱雀院行幸(ぎょうこう)の試楽(しがく)が宮中でおこなわれ、源氏たちが青海波(せいがいは)を舞って人々の賞賛を浴びた。翌朝、源氏は藤壺と和歌を贈答する。行幸当日にも源氏は素晴らしい舞を披露し、正三位(じょうざんみ)に加階した。その頃、藤壺は出産のため里邸に退出する。

年が明けた源氏十九歳の二月、藤壺が皇子（後の冷泉帝）を出産する。桐壺帝は大変喜ぶが、源氏と藤壺の苦悩は増す。七月に藤壺が立后し、源氏は参議に昇進した。

この御ことの、師走(しはす)も過ぎにしが、心もとなきに、この月はさりともと、宮人(みやびと)も待ちきこえ、内裏(うち)にもさる御心まうけどもあるに、つれなくて立ちぬ。御物の怪にやと世人(よひと)も聞こえ騒ぐを、宮、いとわびしう、このことにより、身のいたづらになりぬべきこと、と思(おぼ)し嘆くに、御心地もいと苦しくて悩みたまふ。

中将(ちゆうじやう)の君は、いとど思ひあはせて、御修法(みずほふ)など、わざとはなくて所々にせさせたまふ。世の中の定めなきにつけても、かくはかなくてや止(や)みなむ、と取り集めて嘆きたまふに、二月(きさらぎ)の十日あまりのほどに、男皇子(をとこみこ)生まれたまひぬれば、名残なく、内裏にも宮人も喜びきこえ

朱雀院行幸の試楽＝朱雀院（系譜不明）のため桐壺帝が開く賀宴のために、事前におこなわれた予行練習。

青海波＝舞楽の名。左舞。二人で舞う。

この御こと＝藤壺の出産。

この月＝年の明けた一月。

宮人＝三条宮（藤壺の里邸）に仕える人々。

内裏＝桐壺帝。

つれなくて＝ここでは出産の兆候がなくて、の意。

御物の怪にや＝出産が遅れているのは物の怪のせい（で妨げられているのではない）か。「物の怪」は、人に取り憑く死霊(しりょう)や生霊(いきりょう)。

身のいたづら＝身の破滅。出産が遅れることで、源氏との密通が露見して身が破滅してしまうことを危惧する。

たまふ。命長くもと思ほすは心憂けれど、弘徽殿などの、うけはしげにのたまふと聞きしを、むなしく聞きなしたまはましかば人笑はれにや、と思し強りてなむ、やうやうすこしづつさはやいたまひける。

上の、いつしかとゆかしげに思し召したること限りなし。かの人知れぬ御心にも、いみじう心もとなくて、人間に参りたまひて、（源氏）「上のおぼつかながりきこえさせたまふを、まづ見たてまつりて奏しはべらむ」と聞こえたまへど、（藤壺）「むつかしげなるほどなれば」とて、見せたてまつりたまはぬも、ことわりなり。さるは、いとあさましう、めづらかなるまで写し取りたまへるさま、違ふべくもあらず。宮の、御心の鬼にいと苦しく、人の見たてまつるも、あやしかりつるほどのあやまちを、まさに人の思ひとがめじや、さらぬはかなきことをだに、疵を求むる世に、いかなる名のつひに漏り出づべきにかと思しつづくるに、身のみぞいと心憂き。（中略）

四月に内裏へ参りたまふ。ほどよりは大きにおよすけたまひて、やうやう起き返りなどしたまふ。あさましきまで、まぎれどころなき御顔つきを、思し寄らぬことにしあれば、またならびなきどちは、げに

中将の君＝源氏。

思ひあはせて＝（生まれてくる子が自分の子であると）思い当たられて。出産の遅れから、源氏は藤壺の懐妊を自分の子であると確信する。

御修法＝ここでは、安産を祈る加持祈祷。

男皇子＝後の冷泉帝。

命長くも＝「命長くも」の解釈については、①「命長くもあらむ」の意と解して、「生まれた若宮のためにも長生きしよう」とする藤壺の決意、②出産による死の危機を越えて「よくぞ生き延びたものだ」とする藤壺の述懐、の説がある。

弘徽殿＝弘徽殿女御。東宮（後の朱雀帝）らの母。

うけはしげに＝呪うようなことを。「うけふ」は、神に祈って人を呪うこと。呪詛する。

さはやい＝気分が爽快になる、病が回復する。

人間＝人がいない隙。人目のない時。

上の〜奏しはべらむ＝源氏は、桐壺帝が会いたがっていることを口実に皇子との対面を懇願する。

むつかしげなるほどなれば＝皇子を源氏に見せないための口実。

心の鬼＝良心の呵責。

あやしかりつるほどのあやまち＝源氏との密会を指す。「源氏との密通」参照。

名＝評判。

まぎれどころなき御顔つき＝間違いようのない（源氏にそっくりな皇子の）お顔立ち。

かよひたまへるにこそは、と思ほしけり。（中略）かうやむごとなき御腹(はら)に、同じ光にてさし出でたまへれば、疵(きず)なき玉と思ほしかしづくに、宮はいかなるにつけても、胸のひまなく、やすからずものを思ほす。

　例の、中将の君、こなたにて御遊びなどしたまふに、抱(いだ)き出でたてまつらせたまひて、「（帝）皇子(みこ)たち、あまたあれど、そこをのみなむ、かかるほどより明け暮れ見し。されば思ひわたさるるにやあらむ、いとよくこそおぼえたれ。小さきほどは、皆かくのみあるわざにやあらむ」とて、いみじくうつくしと思ひきこえさせたまへり。中将の君、面(おもて)の色変はる心地して、恐ろしうも、かたじけなくも、うれしくも、あはれにも、かたがた移ろふ心地して、涙落ちぬべし。（中略）宮は、わりなくかたはらいたきに、汗も流れてぞおはしける。中将は、なかなかなる心地の、かき乱るやうなれば、まかでたまひぬ。

　わが御方に臥(ふ)したまひて、胸のやるかたなきほどを過ぐして、大殿(おほとの)へと思(おぼ)す。御前(おまへ)の前栽(せんざい)の、何となく青みわたれるなかに、常夏(とこなつ)のはなやかに咲き出(い)でたるを、折らせたまひて、命婦(みやうぶ)の君のもとに、書きたまふこと多かるべし。

《源氏は皇子を見て、藤壺へ手紙を書く。庭に撫子の花》

かうやむごとなき御腹＝藤壺は先帝の皇女である。

同じ光にて＝皇子が源氏と。

こなた＝藤壺の御殿。

そこ＝源氏を指す。

わが御方＝二条院の東の対。

大殿＝左大臣邸。妻の葵の上がいる。

常夏＝撫子に同じ。「常夏」と表現する時は、「床」から男女関係を連想させる。

命婦の君＝王命婦。藤壺付きの女房。

「よそへつつ」歌＝「よそへつつ見れどつゆだに慰まずいかにかすべきなでしこの花」（新古今集・雑上・恵子女王）による。「撫子」は、「撫でし子」からいとしい子を連想させる。

（源氏）「よそへつつ見るに心はなぐさまで露けさまさる撫子の花
花に咲かなむと思ひたまへしも、かひなき世にはべりければ」とあり。

さりぬべき隙にやありけむ、御覧ぜさせて、（命婦）「ただ塵ばかり、この花びらに」と聞こゆるを、わが御心にも、ものいとあはれに思し知らるるほどにて、

（藤壺）袖濡るる露のゆかりと思ふにもなほ疎まれぬ大和撫子

とばかり、ほのかに書きさしたるやうなるを、よろこびながらたてまつれる。例のことなれば、しるしあらじかしと、くづほれて眺め臥したまへるに、胸うち騒ぎて、いみじううれしきにも涙落ちぬ。

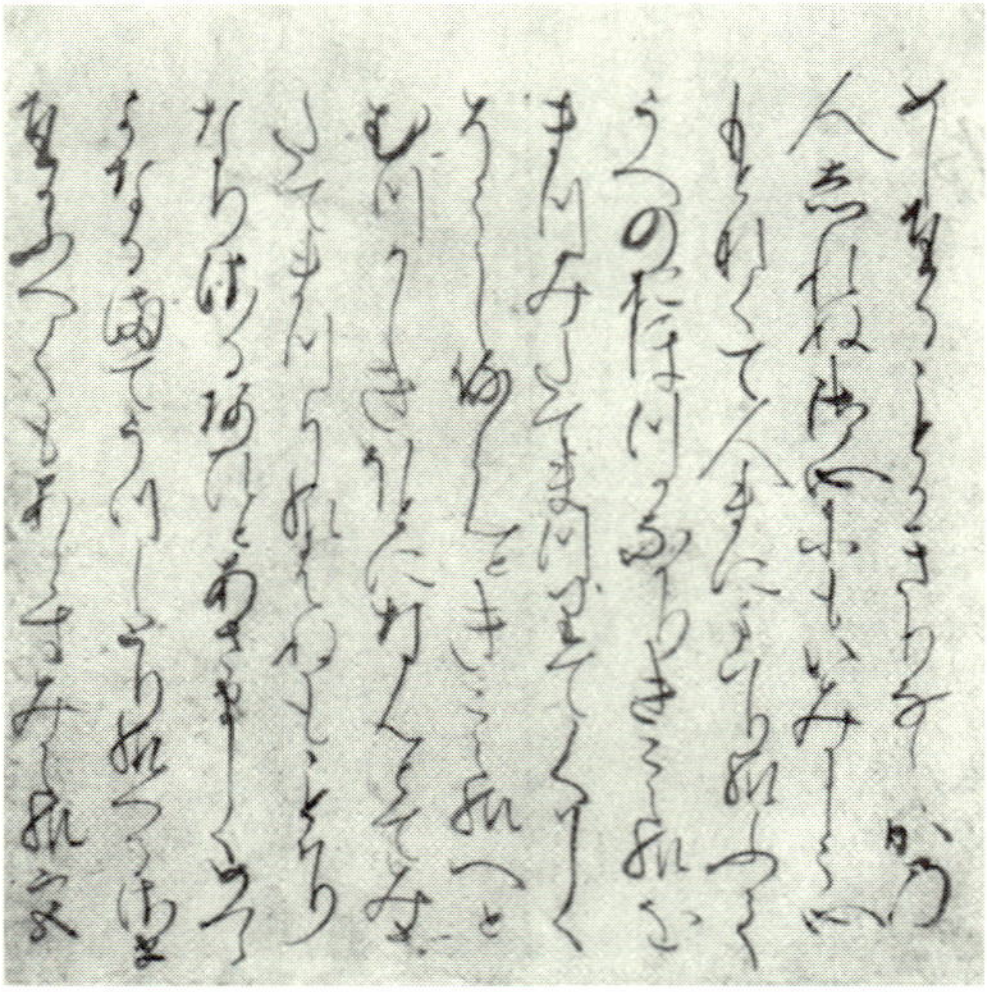

花に咲かなむ＝「わが宿の垣根に植ゑしなでしこは花に咲かなむよそへつつ見む」（後撰集・夏・読人不知）を引く。ここでは、皇子がお生まれになったら、の意。

ただ塵ばかり＝源氏の歌にある「撫子の花」から常夏に転じて「塵をだに据ゑじとぞ思ふ咲きしより妹とわが寝る常夏の花」（古今集・夏・凡河内躬恒）を思い起こしている。ただし、歌意は無関係。

「袖濡るる」歌＝「大和撫子」は「唐撫子」に対する名。ここも「撫でし子」を連想。

伝大炊御門冬忠筆源氏物語切

場面は紅葉賀巻で、藤壺が皇子を出産したことを聞いた源氏が口実を設けて見ようとするものの、藤壺がためらっているところである。この古筆切の書写年代は、鎌倉中期ごろである。

【翻刻】めしたることかきりなしかの／人しれぬ御心にもいみしう心／もとなくて人まにまいり給ふて／うへのおほつかなかりきこえ給を／まつみたてまつりてくはしく／そうし侍らんときこえ給へと／むつかしきほとになんとてみせ／たてまつり給はぬもことはり／なりさるるあひとあさましくめつら／かなるまてうつしとり給へるさま／たかふへくもあらすみえ給宮

出家（賢木巻）

桐壺帝が譲位し朱雀帝が即位した。東宮には藤壺腹の皇子が就き、後見を源氏が務める（以上、葵巻）。源氏二十三歳の冬、朱雀帝に源氏と東宮のことを遺言して桐壺院が崩御。藤壺は忌み明けに三条の里邸に退出した。

諒闇の新年、世の権勢は右大臣方に移った。二十四歳になった源氏は藤壺に言い寄るが、藤壺は受け入れず、出家を決意する。桐壺院の一周忌法要の後、年末の法華八講の果ての日、藤壺は出家した。

年が改まり、源氏二十五歳。藤壺や源氏方の人々の昇進はなく、左大臣も辞職した。

中宮は、院の御はてのことにうち続き、御八講のいそぎを、さまざまに心づかひせさせたまひけり。（中略）十二月十余日ばかり、中宮の御八講なり。（中略）初めの日は先帝の御料。次の日は母后の御ため。またの日は、院の御料。五巻の日なれば、上達部なども、世のつつましさをえしも憚りたまはで、いとあまた参りたまへり。（中略）果ての日、わが御ことを結願にて、世を背きたまふよし、仏に申させたまふに、皆人々驚きたまひぬ。兵部卿宮、大将の御心も動きて、あさましと思す。親王は、なかばのほどに立ちて入りたまひぬ。


中宮＝藤壺。

院の御はてのこと＝桐壺院の一周忌。

御八講＝法華八講。『法華経』八巻を巻別に八座に分けて、一日に朝座・夕座の二度講じ、四日または五日で終わる法会。

先帝＝藤壺の父。

母后＝藤壺の母。先帝の后。

五巻の日＝『法華経』第五巻を講ずる日。この時代、提婆達多品を含む第五巻が特に重んじられ、法会の中心であった。

世のつつましさ＝右大臣方への遠慮。

果ての日＝御八講の最終日。

結願＝法衣などの最終日に願意を結納する作法。

兵部卿宮＝藤壺の同母兄。「親王」とも。

心強う思し立つさまのたまひて、果つるほどに、山の座主召して、忌むこと受けたまふべきよしのたまはす。御をぢの横川の僧都、近う参りたまひて、御髪下ろしたまふほどに、宮の内ゆすりて、ゆゆしう泣きみちたり。（中略）大将は立ちとまりたまひて、聞こえ出でたまふべきかたもなく、暮れまどひて思さるれど、などかさしもと、人見たてまつるべければ、親王など出でたまひぬる後にぞ、御前に参りたまへる。

やうやう人静まりて、女房どもなど、鼻うちかみつつ、所々に群れゐたり。月は隈なきに、雪の光りあひたる庭のありさまも、昔のこと思ひやらるるに、いと堪へがたう思さるれど、いとよう思し静めて、（源氏）「いかやうに思し立たせたまひて、かうにはかには」と聞こえたまふ。（藤壺）「今はじめて、思ひたまふることにもあらぬを。ものさわがしきやうなりつれば、心乱れぬべく」など、例の命婦して聞こえたまふ。（中略）風、はげしう吹きふぶきて、御簾のうちの匂ひ、いともの深き黒方にしみて、名香の煙もほのかなり。大将の御匂ひさへ薫りあひ、めでたく、極楽思ひやらるる夜のさまなり。（中略）誰も誰も、ある限

《藤壺、法華八講をおこなう》

大将＝源氏。
山の座主＝天台座主。比叡山延暦寺を統括する管主の称。
忌むこと受けたまふ＝受戒。仏門に入るために戒律を受けること。
御をぢの横川の僧都＝藤壺の母方の伯父（叔父）であろう。ここにのみ登場する人物。
御髪下ろしたまふ＝当時、尼は髪を肩のあたりで切り揃えた。尼削ぎ。
月は隈なき＝「十二月十余日」であるから、満月に近く明るい。
例の命婦＝王命婦。
御簾のうちの匂ひ＝室内に焚く空薫物の匂い。
黒方＝薫物の名。冬の香といわれる。

り心収まらぬほどなれば、思すことどもも、うち出でたまはず。
（源氏）「月のすむ雲居をかけて慕ふともこのよの闇になほや惑はむ
と思ひたまへらるるこそ、かひなく。思し立たせたまへる恨めしさは、限りなう」とばかり聞こえたまひて、人々近うさぶらへば、さまざま乱るる心のうちをだに、え聞こえあらはしたまはず、いぶせし。
（藤壺）「おほかたの憂きにつけては厭へどもいつかこの世を背き果つべき
かつ、濁りつつ」など、かたへは御使の心しらひなるべし。あはれのみ尽きせねば、胸苦しうてまかでたまひぬ。

名香＝仏前に供える薫香。

極楽思ひやらるる＝極楽には芳しい薫香が満ち溢れていると想像されていた。

「月のすむ」歌＝「すむ」に「澄む」と「住む」を、「この」に「此の」と「子の」とを、「よ」に「世」と「夜」とを掛ける。下句は、「人の親の心は闇にあらねども子を思ふ道にまどひぬるかな」（後撰集・雑一・藤原兼輔）による。

「おほかたの」歌＝「この」に「此の」と「子の」を掛ける。ここでも前述の藤原兼輔の歌を引く。

かたへは御使の心しらひなるべし＝語り手の推量。女房が返事すべてを代作したとする説、女房が「かつ、濁りつつ」の部分を言い添えたとする説、返事は藤壺のもので、取り次ぎの女房の心遣いがあったとする説、がある。

崩御（薄雲巻）

政界の情勢が不利になってゆくなかで、東宮に累の及ぶことを恐れる二十六歳の源氏は、須磨に退く決意を固めた。藤壺を始め人々に別れを告げ、三月に都を去る。都にいる藤壺や紫の上らと歌を交わしてはいるものの、須磨での生活は侘しいものであった。

年が明けた春、夢のお告げにより明石に移る。その頃、都では朱雀帝が源氏召還を思うが、反対される。しかし源氏二十八歳の七月、ついに源氏に帰京の宣旨が下る。都に戻った源氏は、冷泉帝即位とともに内大臣となる。その頃、御代替わりによる斎宮(さいくう)の交代で帰京していた六条御息所は、娘の斎宮を源氏に託して死去する。源氏は斎宮を養女として冷泉帝に入内させようと、藤壺と相談する（以上、須磨〜澪標(みおつくし)巻）。

源氏三十一歳の春、藤壺の支持を得て、前斎宮が冷泉帝に入内する。冷泉帝後宮での絵合(えあわせ)においても、藤壺は源氏方を後援するのであった（以上、絵合巻）。

源氏三十二歳の春、太政大臣の逝去、天変地異が起こる。三月、藤壺が三十七歳で崩御した。源氏の悲嘆は大きい。

入道后(にふだうきさい)の宮、春のはじめより悩みわたらせたまひて、三月(やよひ)にはいと重くならせたまひぬれば、行幸(ぎやうがう)などあり。院(ゐん)に別れたてまつらせたまひしほどは、いといはけなくて、もの深くも思(おぼ)されざりしを、いみじう思(おぼ)し嘆きたる御気色(けしき)なれば、宮もいと悲しく思(おぼ)し召さる。（中略）三十七にぞおはしましける。されど、いと若く盛りにおはしますさまを、惜(を)しく悲しと見たてまつらせたまふ。（中略）限りあれば、ほどなく帰らせたまふも、悲しきこと多かり。

宮、いと苦しうて、はかばかしうものも聞こえさせたまはず。御心のうちに思(おぼ)し続くるに、高き宿世(すくせ)、世の栄(さか)えも並ぶ人なく、心のうちに飽(あ)かず思ふことも人にまさりける身、と思(おぼ)し知らる。上(うへ)の、夢のう

《冷泉帝御前での絵合》

入道后の宮＝藤壺。
行幸＝冷泉帝による母藤壺のお見舞い。
院＝桐壺院。冷泉帝の父。
いといはけなくて＝桐壺院崩御時、冷泉帝は五歳。この時は十四歳。
宮＝藤壺。
三十七にぞおはしましける＝三十七歳は女の大厄(やく)。
限りあれば＝冷泉帝は帝という身分上、制約があ

ちにも、かかる事の心を知らせたまはぬを、さすがに心苦しう見たてまつらせたまひて、これのみぞ、うしろめたくむすぼほれたることに、思(おぼ)し置かるべき心地したまひける。

大臣(おとど)は、おほやけがたざまにても、かくやむごとなき人の限り、うち続き亡(う)せたまひなむことを人知れず思(おぼ)し嘆く。人知れぬあはれ、はた、限りなくて、御祈りなど思(おぼ)し寄らぬことなし。年ごろ思(おぼ)し絶えたりつる筋(すぢ)さへ、今一度(ひとたび)、聞こえずなりぬるが、いみじく思(おぼ)さるれば、近き御几帳(みきちやう)のもとに寄りて、御ありさまなども、さるべき人々に問ひ聞きたまへば、親しき限りさぶらひて、こまかに聞こゆ。（中略）（藤壺）「院の御遺言(ゆいごん)にかなひて、内裏(うち)の御後見仕(うしろみつか)うまつりたまふこと、年ごろ思ひ知りはべること多かれど、何につけてかは、その心寄せことなるさまをも、漏(も)らしきこえむとのみ、のどかに思ひはべりけるを、今なむあはれに口惜しく」と、ほのかにのたまはするも、ほのぼの聞こゆるに、御応(いら)へも聞こえやりたまはず、泣きたまふさま、いといみじ。（中略）（源氏）「はかばかしからぬ身ながらも、昔より、御後見仕うまつるべきことを、心のいたる限りは、おろかならず思ひたまふるに、太政(おほき)

る。行幸は正式な儀式であるため、母の見舞いとはいえ、自由な振る舞いは許されない。

高き宿世＝先帝四宮として生まれ、国母（帝の母）・女院にまでなった宿縁。

心のうちに飽かず思ふこと＝心中ひそかに飽き足らず思う嘆き。源氏に愛情を抱きながらも自制しなければならなかったことをいう。

上＝冷泉帝。

事の心＝事の真相。自分（冷泉帝）の実父が源氏であること。

大臣＝源氏。

おほやけがたざま＝冷泉帝の治政。

年ごろ思し絶えたりつる筋＝長年あきらめておられた藤壺への想い。源氏は、藤壺が出家して以来、自分の気持ちを封印してきた。

さるべき人々＝藤壺の身近に仕える女房たち。

内裏＝冷泉帝。

その心寄せ＝冷泉帝の後見を務めている源氏への謝意。

ほのぼの聞こゆるに＝源氏と藤壺は御簾越しの対面であるので、取次ぎの女房を介して話している。その女房に藤壺が話している声がかすかに聞こえるのである。

太政大臣＝かつての左大臣。葵の上や昔の頭中将の父。

燈などの消え入るやうにて＝釈迦の入滅に喩えた表現であろう。『法華経』安楽行品に「無漏(むろ)の妙法を説きて、無量の衆生を度(すく)ひ、後、当(まさ)に

大臣（おとど）の隠れたまひぬるをだに、世の中心あわたたしく思ひたまへらるるに、またかくおはしませば、よろづに心乱れはべりて、世にはべらむことも残りなき心地なむしはべる」と聞こえたまふほどに、燈（ともしび）などの消え入るやうにて果てたまひぬれば、いふかひなく悲しきことを思（おぼ）し嘆く。（中略）

　をさめたてまつるにも、世の中響きて、悲しと思はぬ人なし。殿上人（てんじやうびと）など、なべて一つ（ひと）色に黒みわたりて、ものの栄（はえ）なき春の暮なり。二条院の御前（おまへ）の桜を御覧（ごらん）じても、花の宴（えん）の折（をり）など思（おぼ）し出づ。（源氏）「今年（ことし）ばかりは」と、一人ごちたまひて、人の見とがめつべければ、御念誦堂（ねんずだう）に籠もりゐたまひて、日一日（ひひとひ）泣き暮らしたまふ。夕日はなやかにさして、山際（やまぎは）の梢（こずゑ）あらはなるに、雲の薄くわたれるが、鈍色（にびいろ）なるを、何ごとも御目とどまらぬころなれど、いとものあはれに思（おぼ）さる。

（源氏）入り日（ひ）さす峰（みね）にたなびく薄雲はもの思ふ袖に色やまがへる

人聞かぬ所なれば、かひなし。

涅槃（ねはん）に入ること、煙尽きて燈（ともしび）の滅（き）ゆるが如し」とある。

をさめ＝葬儀をいう。「をさむ」は葬る、埋葬する。

二条院＝源氏の邸。

花の宴＝南殿の桜の宴。源氏が春鶯囀（しゅんおうでん）を舞った、十二年前の思い出（花宴巻冒頭の出来事）。

今年ばかりは＝「深草の野辺の桜し心あらば今年ばかりは墨染に咲け」（古今集・哀傷・上野岑雄）。

鈍色＝濃いねずみ色。喪服の色である。

「入り日さす」歌＝「もの思ふ袖」は、悲しみにくれる私の喪服の袖、の意。巻名の由来となった歌である。

《源氏、藤壺の死を悲しみ、物思いに耽る》

末摘花

故常陸宮の姫君。

末摘花巻と蓬生巻に登場。末摘花巻では源氏十八歳、蓬生巻では源氏二十八～二十九歳。

末摘花の年齢はわからない。


女性関係がうまくいかず、鬱々とした日々を送っていた源氏は、乳母子の大輔命婦から故常陸宮の姫君が、父亡き後一人で寂しく暮らしていると聞き興味を抱く。姫君と契った源氏であるが、雪明かりの朝その姿を見て驚く（末摘花巻）。

その後、源氏は須磨明石での生活を経て都に戻り、偶然故常陸宮邸近くを通り、姫君のことを思い出す。末摘花は、零落しつつも源氏の訪れを十年間ひたすら待ち続けていたのであった（蓬生巻）。

零落した宮家の姫君の噂を聞く（末摘花巻）

十八歳の春、源氏は乳母（めのと）の娘大輔命婦（たいふのみやうぶ）から、故常陸宮（ひたちのみや）が晩年にもうけた姫君（末摘花）が、今は心細い有様でお暮しになっているとの噂を聞く。興味をもった源氏が熱心に尋ねると、命婦は姫君の器量や性格はよくわからないが、琴（きん）を友として日々過ごしていらっしゃると答える。琴は習得が困難な楽器故、上流貴族であっても弾きこなす人は多くはいない。その琴をつま弾く姫君として、源氏は心惹かれる。姫君の弾く琴の音色を聞きたくなった源氏は、命婦に手引きを頼む。

故常陸（ひたち）の親王（みこ）の末にまうけていみじうかしづきたまひし御娘、心細くて残りゐたるを、もののついでに語り聞こえければ、あはれのことやとて、御心とどめて問ひ聞きたまふ。（命婦）「心ばへ容貌（かたち）など、深き方はえ知りはべらず、かいひそめ人疎（うと）うもてなしたまへば、さべき宵（よひ）など、物越しにてぞ語らひはべる。琴（きん）をぞなつかしき語らひ人と思へる」と聞こゆれば、（源氏）「三つの友にて、いま一種（ひとくさ）やうたてあらむ」とて、「我に聞かせよ。父親王（みこ）の、さやうの方にいとよしづきてものしたまうければ、おしなべての手づかひにはあらじと思ふ」と語らひたまふ。（命婦）「さやうに聞こしめすばかりにははべらずやあらむ」と言へ

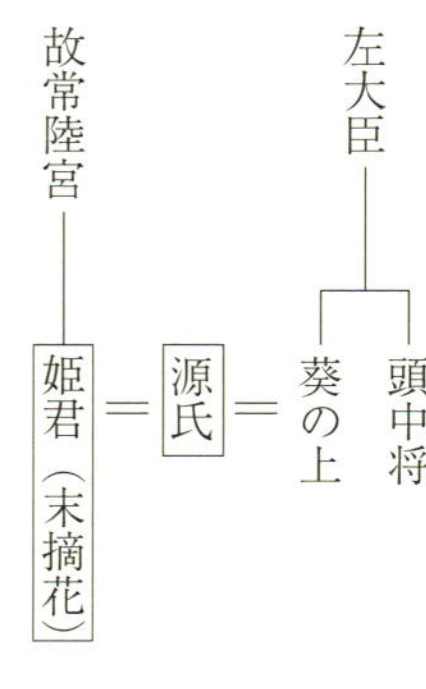

大輔命婦＝女房名。源氏の乳母子。
常陸の親王＝常陸国大守である親王。実務は介（すけ）（次官）が行う。
御娘＝末摘花のこと。
心細くて残りゐたる＝父親王没後、心細い状況で暮らしていた。
かいひそめ＝「かきひそむ」の音便。ひっそりと。

ば、（源氏）「いたう気色ばましや。このごろの朧月夜に忍びてものせむ。まかでよ」とのたまへば、わづらはしと思へど、内裏わたりも、のどやかなる春のつれづれにまかでぬ。（中略）

のたまひしもしるく、十六夜の月をかしきほどにおはしたり。（命婦）「いとかたはらいたきわざかな。ものの音澄むべき夜のさまにもはべらざめるに」と聞こゆれど、（源氏）「なほあなたに渡りて、ただ一声ももよほし聞こえよ。むなしくて帰らむが、ねたかるべきを」とのたまへば、うちとけたる住処にすゑたてまつりて、うしろめたうかたじけなしと思へど、寝殿に参りたれば、まだ格子もさながら、梅の香をかしきを見出だしてものしたまふ。よきをりかなと思ひて、（命婦）「御琴の音いかにまさりはべらむと思ひたまへらるる夜の気色に、さそはれはべりてなむ。心あわたたしき出で入りに、えうけたまはらぬこそ口惜しけれ」と言へば、（末摘）「聞き知る人こそあなれ。百敷に行きかふ人の聞くばかりやは」とて召し寄するも、あいなう、いかが聞きたまはむと胸つぶる。

ほのかに掻き鳴らしたまふ、をかしう聞こゆ。なにばかり深き手ならねど、ものの音がらの筋、ことなるものなれば、聞きにくくも思さ

物越し＝几帳や御簾越し。直接顔を合わせていない。

琴＝中国渡来の七弦琴。中国では君子が常に携える楽器であったが、一条朝は既に廃れていたという。

《琴を弾く姫宮》 風俗博物館

三つの友＝『白氏文集』「北窓三友」に酒・琴・詩を三つの友とする。

朧月夜＝春の夜などの、ほんのり霞んだ月。

まかでよ＝故常陸宮邸に行き、手引きせよの意。

寝殿＝故常陸宮邸の母屋。

格子＝細い角材を縦横に組み合わせ、外側四面の柱と柱の間に取りつける。上下二枚に分かれる。

↓参考図

百敷＝皇居。宮中。

れず。（中略）命婦、かどある者にて、いたう耳馴らさせたてまつらじと思ひければ、（命婦）「曇りがちにはべるめり。客人の来むとはべりつる、いとひ顔にもこそ。いま心のどかにを。御格子まゐりなむ」とて、いたうもそそのかさで帰りたれば、（源氏）「なかなかなるほどにてもやみぬるかな。もの聞き分くほどにもあらで。ねたう」とのたまふ。気色をかしと思したり。

ライバル出現

寝殿の方に、人のけはひ聞くやうもやと思して、やをら立ちのきたまふ。透垣のただすこし折れ残りたる隠れの方に立ち寄りたまふに、もとより立てる男ありけり。誰ならむ、心かけたるすき者ありけりと思して、蔭につきてたち隠れたまへば、頭中将なりけり。この夕つ方、内裏よりもろともにまかでたまひける、やがて大殿にも寄らず、二条院にもあらで、ひき別れたまひけるを、いづちならむと、ただならで、我も行く方あれど、あとにつきてうかがひけり。

かど＝才気。利発。
いとひ顔にもこそ＝客を嫌って、不在にしていると思われては困る。
御格子まゐり＝格子を下す。

《末摘花の琴の音色を聞く源氏。後姿は大輔命婦》

透垣＝板や竹で間を少し透かして作った垣根。
折れ残りたる隠れの方＝壊れて繕わず残っている物陰。
心かけたるすき者＝末摘花に懸想する好色者。
頭中将＝源氏の妻葵の上の兄弟。左大臣の子息。源氏の友。
大殿＝左大臣邸。葵の上が住む。
二条院＝源氏の私邸。二条にある。

故常陸宮邸の貧しさに驚く

かの紫のゆかり尋ねとりたまひては、そのうつくしみに心入りたまひて、六条わたりにだに離れまさりたまふめれば、まして荒れたる宿は、あはれに思しおこたらずながら、ものうきぞわりなかりける。ところせきもの恥を見あらはさむの御心もことになうて過ぎゆくを、またうち返し、見まさりするやうもありかし、手探りのたどたどしきに、あやしう心得ぬこともあるにや、見てしがな、と思ほせど、けざやかにとりなさむもまばゆし、うちとけたる宵居のほど、やをら入りたまひて、格子のはさまより見たまひけり。されど、みづからは見えたまふべくもあらず。几帳など、いたくそこなはれたるものから、年経にける立処変はらず、おしやりなど乱れねば、心もとなくて、御達四五人ゐたり。御台、秘色やうの唐土のものなれど、人わろきに、何のくさはひもなくあはれげなる、まかでて人々食ふ。

《透垣の前で出逢う頭中将と源氏》

紫のゆかり＝藤壺の姪、紫の君。若紫巻で、二条院に引き取ったと記される。
六条わたり＝六条あたりに住む女性。六条御息所。
荒れたる宿＝末摘花の住む屋敷。故常陸宮邸。
ところせきもの恥＝気が詰まるほどの恥ずかしがり屋。
宵居＝夜遅くまで起きていること。
みづから＝末摘花自身。
几帳＝室内に置いて隔てとしたもの。→参考図
御達＝年配の女房たち。
御台＝食べ物を並べる御膳。
秘色やうの唐土のもの＝青磁色の磁器。中国から輸入された高級品。
くさはひ＝「物事の種」の意で、ここは食物。

雪明かりの夜、末摘花の器量露見（末摘花巻）

今度こそは姿をしっかり見届けようと、源氏は雪の降り積もった日、夜明けを待ちわび姫君（末摘花）を端近に誘い出す。そこで雪明かりの中源氏が見た姫君は、美人とは程遠い姿であった。源氏は口実を作って、早々に屋敷を出ようと後朝（きぬぎぬ）の歌を贈るが、姫君は返事に窮して口ごもるばかりであった。

からうじて、明けぬる気色（けしき）なれば、格子（かうし）手づから上げたまひて、前の前栽（せんざい）の雪を見たまふ。踏みあけたる跡もなく、はるばると荒れわたりて、いみじうさびしげなるに、ふり出でて行かむこともあはれにて、(源氏)「をかしきほどの空も見たまへ。つきせぬ御心のへだてこそわりなけれ」と恨みきこえたまふ。まだほの暗けれど、雪の光に、いとどきよらに若う見えたまふを、老人（おいびと）ども笑（ゑ）みさかえて見たてまつる。(老人)「はや出でさせたまへ。あぢきなし。心うつくしきこそ」など教へきこゆれば、さすがに、人の聞こゆることを、えいなびたまはぬ御心にて、とかうひきつくろひて、ゐざり出でたまへり。見ぬやうにて外（と）の方をながめたまへれど、後目（しりめ）はただならず、いかにぞ、うちとけまさりのいささかもあらば、うれしからむと思（おぼ）すも、あながちなる御

後朝の歌＝一夜を過ごした男女が、翌朝別れの際に交わす歌。

からうじて＝寂しい邸内で末摘花と過ごした源氏からすると、やっと夜が明けたという心境。

前栽＝前庭の植え込み。

ふり出でて＝「振り捨てて出る」と雪が「降る」の掛詞。

御心のへだて＝（姫君が）うちとけないこと。

きよら＝気品があって美しいさま。源氏の姿。

老人ども＝女房たち。没落しているので、若い女房は去っていない。

あぢきなし＝なさけない。このように奥に引き込んでいるのはよくないと女房が非難する。

ゐざり＝座ったまま膝ですすんで。

後目＝横目。源氏が末摘花を後目で見る。

うちとけまさり＝うちとけて見た時美点など良く見えること。

あながちなる御心なりや＝作者の感想。草子地（そうしじ）。

心なりや。

まづ、居丈の高く、を背長に見えたまふに、さればよと、胸つぶれぬ。うちつぎて、あなかたはと見ゆるものは鼻なりけり。ふと目ぞとまる。普賢菩薩の乗物とおぼゆ。あさましう高うのびらかに、先の方すこし垂りて色づきたること、ことのほかにうたてあり。色は雪はづかしく白うて、さ青に、額つきこよなうはれたるに、なほ下がちなる面やうは、おほかたおどろおどろしう長きなるべし。痩せたまへること、いとほしげにさらぼひて、肩のほどなど、痛げなるまで衣の上まで見ゆ。何に残りなう見あらはしつらむと思ふものから、めづらしきさまのしたれば、さすがにうち見やられたまふ。頭つき、髪のかかりはしも、うつくしげにめでたしと思ひきこゆる人々にもをさをさ劣るまじう、袿の裾にたまりて引かれたるほど、一尺ばかり余りたらむと見ゆ。


　着たまへる物どもをさへ言ひたつるも、もの言ひさがなきやうなれど、昔物語にも人の御装束をこそまづ言ひためれ。聴色のわりなう上白みたる一かさね、なごりなう黒き袿かさねて、表着には黒貂の

居丈＝座高。

普賢菩薩の乗物＝普賢菩薩は白い象に乗るとされた。白象。ここは末摘花の鼻が象の鼻のようであったことを言う。

額つきこよなうはれたる＝額はとても広い。

面やう＝顔立ち。

おどろおどろしう＝おどろくほど。

さらぼひ＝痩せ衰える様子。

痛げなる＝痛々しい。痩せていて、衣の上からも肩の骨の形がわかる。

髪のかかり＝髪の垂れ具合。

めでたしと思ひきこゆる人々＝すばらしいと思い申し上げる人々。

袿＝貴族の女性の日常着。→参考図
一尺＝約三〇・三センチ。

昔物語＝『源氏物語』以前に書かれた物語。

聴色＝だれでも自由に着用することのできた衣服の色。ここは薄紅色。

上白みたる＝表面が白くなっている。

なごりなう黒き袿＝もとの色目が見えないくらい黒く汚れている袿。

黒貂の皮衣＝シベリア産の黒貂の上着。最高級品の毛皮。主に男性が着用したか。末摘花は、上に黒貂の皮衣、下に黒くなった袿、その下に薄茶けた単衣を着ているのである。

かうばしき＝香を焚き込めてある。

皮衣(かはぎぬ)、いときよらにかうばしきを着たまへり。古代のゆゑづきたる御装束なれど、なほ若やかなる女の御よそひには、似げなうおどろおどろしきこと、いともてはやされたり。されど、げにこの皮なうて、はた寒からましと見ゆる御顔ざまなるを、心苦しと見たまふ。

何ごとも言はれたまはず、我さへ口とぢたる心地したまへども、例のしじまもこころみむと、とかう聞こえたまふに、いたう恥ぢらひて、口おほひしたまへるさへひなび古めかしう、ことごとしく儀式官(ぎしきくわん)の練(ね)り出でたる肘(ひぢ)もちおぼえて、さすがにうち笑みたまへる気色、はしたなうすずろびたり。いとほしくあはれにて、いとど急ぎ出でたまふ。(源氏)「頼もしき人なき御ありさまを、見そめたる人にはうとからず思ひ睦(むつ)びたまはむこそ、本意(ほい)ある心地すべけれ、ゆるしなき御気色なれば、つらう」などことつけて、

(源氏)朝日さす軒(のき)のたるひはとけながらなどかつららのむすぼほるらむ

とのたまへど、ただ、(末摘)「むむ」とうち笑ひて、いと口重げなるもいとほしければ、出でたまひぬ。


古代のゆゑづきたる＝昔風の由緒ある。

しじま＝口をつぐんでいること。無言。「例のしじま」は、源氏が最初に姫君に逢った時「いくそたび君がしじまにまけぬらむものな言ひそといはぬたのみに」と詠じたことによる。

儀式官＝朝廷の行事や儀式を司る役人。

練り出でたる肘もち＝練り歩く時、笏(しゃく)を持ち肘を張る姿をいう。

すずろびたり＝落ち着かない様子である。

ことつけて＝口実を作って。

「朝日さす」歌＝「たるひ」は、つらら。「つらら」は、地面や池などに張りつめた氷。「むすぼほる」は、氷が張る、凍る。ここは心を閉ざすの意を掛ける。

《末摘花からの手紙と、贈られてきた装束を見る源氏。左は大輔命婦》

姫君からの贈物

年も暮れぬ。内裏(うち)の宿直所(とのゐどころ)におはしますに、大輔命婦(たいふのみやうぶ)参れり。（中略）（命婦）「かの宮よりはべる御文(ふみ)」とて取り出でたり。（源氏）「ましてこれはとり隠すべきことかは」とて、取りたまふも胸つぶる。陸奥国紙(みちのくにがみ)の厚肥(あつご)えたるに、匂ひばかりは深う染(し)めたまへり。いとよう書きおほせたり。歌も、

（末摘）からころも君が心のつらければ袂(たもと)はかくぞそぼちつつのみ

心得ずうちかたぶきたまへるに、包みに衣箱の重りかに古代なる、うち置きておし出でたり。（中略）今様色(いまやういろ)のえゆるすまじく艶(つや)なう古めきたる、直衣(なほし)の裏表(うらうへ)ひとしうこまやかなる、いとなほなほしうつまづまぞ見えたる。あさましと思(おぼ)すに、この文をひろげながら端(はし)に手習(てなら)ひすさびたまふを、側目(そばめ)に見れば、

（源氏）「なつかしき色ともなしに何にこの末摘花を袖にふれけむ

色こき花と見しかども」など書きけがしたまふ。

内裏の宿直所＝内裏内の源氏の部屋。桐壺にある。

かの宮＝末摘花のこと。

陸奥国紙の厚肥え＝東北地方で産出した紙で、分厚く恋文には適さない。

「からころも」歌＝「からころも」は「着る」にかかる枕詞だが、ここは「君」に掛ける。下手な歌。「袂」は袖のこと。「そぼち」は濡れるの意。

衣箱の重りかに古代なる＝衣を入れる衣裳箱の重々しく古風なもの。

今様色＝流行色。ここは薄紅色か。

直衣＝貴族の男性の日常着。→参考図

裏表〜こまやかなる＝表裏同じ濃い色であった。普通は表裏で色や色の濃淡を変える。

なほなほしう＝平凡である。

つまづま＝端々。

手習ひ＝すさび書き。

側目＝横から見ること。

「なつかしき」歌＝「末摘花」は紅花の異名。「花」と末摘花の「鼻」を掛ける。姫君を「末摘花」と称するのはこの歌による。

《紅花》

十年ぶりの再会（蓬生巻）

源氏は須磨・明石のわび住まいから都に召還(しょうかん)され、昔の威勢を取り戻し始める。初夏になり花散里のもとを訪れようと出かける源氏は、月明りの夜、見る影もなく荒れ果てている家の前を通り過ぎようとすると、見覚えのある木立が見える。故常陸宮邸であった。その邸内では、困窮を極め乳母子にまで去られた末摘花が、ひたすら源氏の来訪を待ち続けていたのであった。

昔の御歩(あり)き思(おぼ)し出でられて、艶(えん)なるほどの夕月夜(ゆふつくよ)に、道のほどよろづのこと思(おぼ)し出でておはするに、形(かた)もなく荒れたる家の、木立(こだち)しげく森のやうなるを過ぎたまふ。

　大きなる松に藤の咲きかかりて月影になよびたる、風につきてさと匂ふがなつかしく、そこはかとなき香りなり。橘(たちばな)にはかはりてをかしければさし出でたまへるに、柳もいたうしだりて、築地(ついぢ)もさはらねば乱れ伏したり。見し心地する木立かなと思(おぼ)すは、はやうこの宮なりけり。いとあはれにておしとどめさせたまふ。例の、惟光(これみつ)はかかる御忍び歩きに後(おく)れねばさぶらひけり。召し寄せて、（源氏）「ここは故常陸の宮ぞかしな」、（惟光）「しかはべる」と聞こゆ。（源氏）「ここにありし人はまだやな

花散里＝源氏の妻妾の一人。

艶なるほど＝風情がある様子。

夕月夜＝夕方の月。

なよびたる＝（藤の花が）なよなよと揺れている。

橘＝初夏に香高い白い花をつける。源氏の心中では花散里のイメージである橘の香から、藤の花の香へと連想し、牛車から身を乗り出す。

築地＝土で塗り固めた塀。土塀。

さはらねば＝築地は長い間手入れしていないので、崩れていて、ほとんどなくなっている。

はやう＝なんとまあ。源氏の驚き。

この宮＝故常陸宮の屋

《橘》

がむらむ。とぶらふべきを、わざとものせむもところせし。かかるついでに入りて消息(せうそこ)せよ。よくたづね寄りてをうち出でよ。人違(たが)へしてはをこならむ」とのたまふ。（中略）

　惟光入りて、めぐるめぐる人の音する方やと見るに、いささか人げもせず。さればこそ、往(ゆ)き来(き)の道に見入るれど、人住みげもなきものをと思ひて、帰り参るほどに、月明かくさし出でたるに見れば、格子(かうし)二間(ふたま)ばかりあげて、簾(すだれ)動く気色なり。わづかに見つけたる心地、恐ろしくさへおぼゆれど、寄りて声(こわ)づくれば、いともの古りたる声にて、まづ咳(しはぶき)を先にたてて、（女房）「かれは誰(たれ)ぞ。何人ぞ」と問ふ。名のりして、（惟光）「侍従(じじゅう)の君と聞こえし人に対面たまはらむ」と言ふ。（女房）「それは外(ほか)になむものしたまふ。されど思(おぼ)しわくまじき女なむはべる」と言ふ。声いたうねび過ぎたれど、聞きし老人(おいびと)と聞き知りたり。（中略）

（源氏）「などかいと久しかりつる。いかにぞ。昔の跡も見えぬ蓬(よもぎ)のしげさかな」とのたまへば、（惟光）「しかじかなむ、たどり寄りてはべりつる。侍従がをばの少将といひはべりし老人(おいびと)なむ、変はらぬ声にてはべりつる」とありさま聞こゆ。（中略）ふと入りたまはむこと、なほつつまし

敷。

惟光＝源氏の乳母子。忠実な従者。

ここにありし人＝末摘花のこと。

ながむ＝物思いに沈む。

ところせし＝おおげさだ。仰々しい。

をこ＝おろか。ばかげている。

めぐるめぐる＝故常陸宮邸の周囲を歩き回るさま。

人げもせず＝人の気配もしない。

二間＝建物の柱と柱の間を「一間」という。

簾＝細く削った竹や葦などを編んで、掛け垂らして外からの目隠しや日除けにする。

声づくれば＝咳払いなどで、訪問を合図すること。

咳を先にたてて＝老女房なので口をきこうとすると先に咳が出る。

侍従の君＝末摘花の乳母子。かつては源氏との仲立ちとしていた。末摘花の叔母が筑紫に連れ去った。

思しわくまじき女＝侍従の君と区別してお思いにならなくてもいい女。自分のことを言っている。

昔の跡も見えぬ蓬のしげさ＝昔の面影もないほど雑草が茂っていることをいう。「蓬」は草の名。雑草の代表として用いられる。

しかじかなむ＝長い文句を省略していう時の語。こうこうで。

侍従がをばの少将＝さきほど惟光と話をした女房。去って行った侍従の君の叔母で、少将という女房名なのである。

う思さる。(中略)惟光も「え分けさせたまふまじき蓬の露けさになむはべる。露すこし払はせてなむ、入らせたまふべき」と聞こゆれば、

(源氏)たづねてもわれこそとはめ道もなく深き蓬のもとの心を

と独りごちてなほ下りたまへば、御さきの露を馬の鞭して払ひつつ入れたてまつる。雨そそきも、なほ秋の時雨めきてうちそそけば、(惟光)「御傘さぶらふ。げに木の下露は、雨にまさりて」と聞こゆ。御指貫の裾はいたうそぼちぬめり。昔だにあるかなきかなりし中門など、まして形もなくなりて、入りたまふにつけてもいと無徳なるを、立ちまじり見る人なきぞ、心やすかりける。(中略)

月入り方になりて、西の妻戸の開きたるより、さはるべき渡殿だつ屋もなく、軒のつまも残りなければ、いとはなやかにさし入りたれば、あたりあたり見ゆるに、昔に変はらぬ御しつらひのさまなど、忍ぶ草にやつれたる上の見るめよりは、みやびかに見ゆるを、昔物語に、塔こぼちたる人もありけるを思しあはするに、同じさまにて年古りにけるもあはれなり。


雨そそき＝雨降り。

時雨めきて＝時雨のように。「時雨」は晩秋に降る雨のこと。ここは露が多いので、冷たい時雨を連想させた。

指貫＝男性貴族が着用する袴の一種。→参考図
そぼち＝ぬれる。びしょびしょになる。

中門＝寝殿造りの建物と大門の間にある門。

無徳＝役に立たない。

妻戸＝寝殿造りの母屋から簀子への出入り口。両開きの戸。→参考図

《雑草の生い茂った故常陸宮邸の庭を、源氏と惟光が歩く様子。惟光は手に馬の鞭を持っている。図の右上には藤の花も描かれている》

その後の故常陸宮邸（蓬生巻）

いまは限りと侮りはてて、さまざまに競ひ散りあかれし上下の人々、我も我も参らむと争ひ出づる人もあり。心ばへなど、はた埋れいたきまでよくおはする御ありさまに、心やすくならひて、ことなることなきなま受領などやうの家にある人は、ならはずはしたなき心地するもありて、うちつけの心みえに参り帰る。

君は、いにしへにもまさりたる御勢ひのほどにて、ものの思ひやりもまして添ひたまひにければ、こまやかに思しおきてたるに、にほひ出でて宮の内やうやう人目見え、木草の葉もただすごくあはれに見えなされしを、遣水かき払ひ、前栽の本立ちも涼しうしなしなどして、ことなるおぼえなき下家司の、ことに仕へまほしきは、かく御心とどめて思さるることなめりと見とりて、御気色たまはりつつ追従し仕うまつる。


渡殿＝寝殿造りの二つの建物を繋ぐ廊下。

軒のつま＝軒の端。軒端。

御しつらひ＝室内の調度品。

忍ぶ草＝古い門の屋根に生えているシダ類。

塔こぼちたる人＝『源氏物語』成立以前の物語で、諸説あるが長い年月を経るも変わらない様子を保ち続けていた人のことをいうか。


いまは限り＝故常陸宮邸に見切りを付けて、去って行った従者たち。もはやこれまで。

上下の人々＝身分の上・下の使用人。

心ばへ＝末摘花の気立て。

なま受領＝なまはんかな受領。取るに足らない受領。

うちつけの心みえ＝軽率な心を見られること。

君＝源氏。

にほひ出でて＝明るく活気づいて。

宮の内＝故常陸宮の邸内。

遣水＝庭に水を導き入れて作った細い流れ。池へと流れる。

前栽＝前庭の植え込み。

下家司＝四・五位の者が上家司に対し、それ以下の家司。家司は、貴族の家の家政を司る職。

追従し＝こびへつらうこと。

＊くずし字を読んでみよう

江戸時代に印刷技術（版本）が登場する以前は、『源氏物語』を読みたい人が、所持する人から本を借りて書写するしか手に入れる方法はなかった。書写された本を写本と言い、くずし字で書かれていた。

　くずし字で書かれた写本は現代人には読み難いが、読む練習をしてみよう。

ここに掲げたのは、甲南女子大学蔵「紅葉賀」の写本（鎌倉時代中期の書写）。内容は、冒頭近く、源氏の子を懐妊した藤壺の前で、源氏が青海波を舞う。その翌日の、源氏と藤壺の手紙のやりとりである。

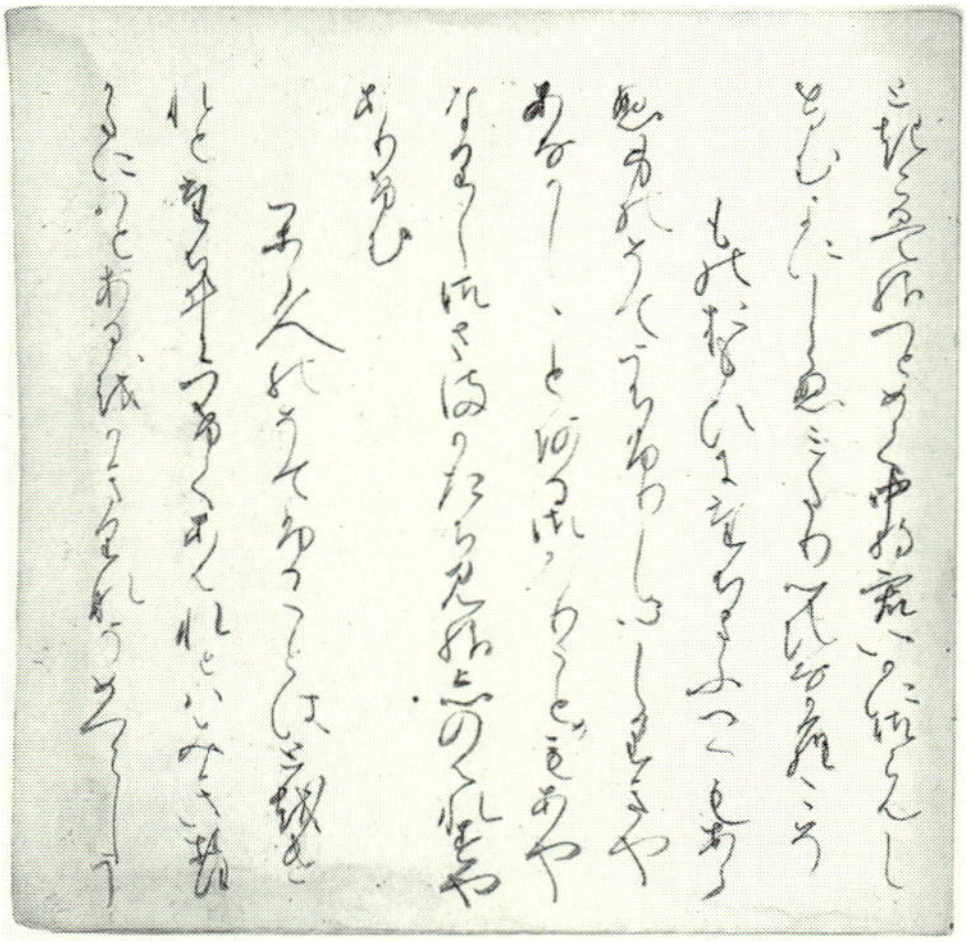

□きこえ給□□□て中将君□か□御□□□
けむ□□しらぬ□□□心地なから□そ
　□□お□□にたちま□へく□□□〈中将君（源氏）の歌〉
ぬ身□そて□□ふ□□心□□□□
□□□□□とある御かへりこと（め）□□□
□□□御□□かたち見給し□□□すや
□□けむ
　から人□そてふること□□をけ〈藤壺の返歌〉
□□たちゐにつけて□は□□□□□おほ
かたにはとあるをかきりなう□□ら□□

葵の上と六条御息所

葵の上

左大臣と大宮（桐壺帝の妹）の間の娘。桐壺巻で源氏と結婚。源氏より四歳年上。源氏の息子（後の夕霧）を生んで二十六歳で亡くなる（葵巻）。

六条御息所

先の東宮妃。東宮との間に姫君がいる。六条に屋敷を構えることから六条御息所と称される。源氏より七歳年上。夕顔巻では源氏が通う女性「六条あたりに住む女性」として紹介され、素性は明らかにされない。

つれない源氏との関係に悩み、思いを振り払うべく賀茂祭御禊の行列を見物に行き、葵の上一行との車争いで脇に押しやられるという目に逢う。その後生霊となって葵の上に憑りつき、苦しめる（葵巻）。

源氏の忍び歩き（夕顔巻）

元服した源氏は、左大臣の姫君（葵の上）と結婚する。政略結婚故、葵の上に気づまりを感じていた源氏は、六条に住む高貴な女性（六条御息所）と関係を持つ。六条御息所は前の東宮妃であった。そんな折葵の上が懐妊し、左大臣家は喜びに包まれるが、六条御息所は複雑な心境であった。四月、葵の上一行は、源氏が参加する賀茂祭の御禊の行列を見物に行く。

秋にもなりぬ。人やりならず心づくしに思ほし乱るることどもありて、大殿（おほとの）には絶え間おきつつ、恨めしくのみ思ひきこえたまへり。六条わたりにも、とけがたかりし御気色（けしき）をおもむけきこえたまひて後（のち）、ひき返しなのめならむはいとほしかし。されど、よそなりし御心まどひのやうに、あながちなることはなきも、いかなることにかと見えたり。女は、いとものをあまりなるまで思（おぼ）ししめたる御心ざまにて、齢（よはひ）のほども似げなく、人の漏り聞かむに、いとどかくつらき御夜離（よか）れの寝（ね）ざめ寝ざめ、思（おぼ）ししをるること、いとさまざまなり。

《源氏を見送る六条御息所。室内に御息所、簀子には源氏と御息所の女房》

人やりならず＝（他人から強いられるのではなく）自分のせいで。
大殿＝左大臣邸。源氏の妻葵の上が住む。
六条わたり＝六条に住む女性。六条御息所のこと。
とけがたかりし＝心解けなかった。源氏になびかなかったこと。
よそなりし御心まどひ＝他人であった頃の源氏の執心ぶり。
女＝六条御息所。恋愛関係にある当事者であることを意味する。
齢のほども＝源氏十七歳、六条御息所二十四歳。

父院から六条御息所との関係を諫められる（葵巻）

まことや、かの六条の御息所の御腹の前坊の姫宮、斎宮にゐたまひにしかば、大将の御心ばへもいと頼もしげなきを、かく幼き御ありさまのうしろめたさにことつけて、下りやしなまし、とかねてより思しけり。院にも、かかることなむと聞こしめして、（院）「故宮のいとやむごとなく思し時めかしたまひしものを、軽々しうおしなべたるさまにもてなすなるが、いとほしきこと。斎宮をも、この皇女たちの列になむ思へば、いづ方につけても、おろかならざらむこそよからめ。心のすさびにまかせて、かくすきわざするは、いと世のもどき負ひぬべきことなり」など、御気色あしければ、わが御心地にもげにと思ひ知らるれば、かしこまりてさぶらひたまふ。（院）「人のため恥ぢがましきことなく、いづれをもなだらかにもてなして、女の恨みな負ひそ」とのたまはするに、けしからぬ心のおほけなさを聞こしめしつけたらむ時と、恐ろしければ、かしこまりてまかでたまひぬ。

また、かく院にも聞こしめしのたまはするに、人の御名もわがため

故前坊＝六条御息所——斎宮
桐壺院——源氏
大宮＝左大臣——葵の上、頭中将
葵の上＝源氏——夕霧
六条御息所＝源氏

まことや＝話題を転じる時の表現。それはそうと。

前坊＝坊は東宮坊（東宮の住居）で、前坊は前の東宮の意。

斎宮＝伊勢神宮に奉仕する未婚の内親王または女王。天皇の交代に伴い卜定で選ばれる。↓58頁
大将＝源氏。

院＝桐壺院。葵巻冒頭に譲位の記述がある。源氏の兄の朱雀帝に帝位を譲り、院になっている。

故宮＝前東宮のこと。院とは兄弟か。

この皇女たち＝桐壺院の皇女たち。

世のもどき＝世間の非難。

けしからぬ心＝源氏の継母藤壺への思い。

おほけなさ＝（父院への）恐れ多い気持ち。

人の御名＝六条御息所の名誉。

も、すきがましういとほしきに、いとどやむごとなく、心苦しき筋には思ひきこえたまへど、まだあらはれてはわざともてなしきこえたまはず。女も、似げなき御年のほどを恥づかしう思(おぼ)して、心とけたまはぬ気色なれば、それにつつみたるさまにもてなして、院にも聞こしめし入れ、世の中の人も知らぬなくなりにたるを、深うしもあらぬ御心のほどを、いみじう思(おぼ)し嘆きけり。

御禊の日、見物に行く葵の上一行（葵巻）

御禊(ごけい)の日、上達部(かんだちめ)など数定まりて仕うまつりたまふわざなれど、おぼえことに容貌(かたち)あるかぎり、下襲(したがさね)の色、表袴(うへのはかま)の紋、馬(むま)、鞍(くら)まで皆ととのへたり、とりわきたる宣旨(せんじ)にて、大将の君も仕うまつりたまふ。かねてより、物見車(ものみぐるま)心づかひしけり。一条の大路(おほち)、所なくむくつけきまで騒ぎたり。所どころの御桟敷(さじき)、心々にし尽(つ)くしたるしつらひ、人の袖口(そでぐち)さへいみじき見物(みもの)なり。

大殿には、かやうの御歩(あり)きもをさをさしたまはぬに、御心地さへな

あらはれて＝公然と。

わざともてなし＝正式な結婚という形。

深うしもあらぬ御心のほど＝深くもない源氏のお心のつれなさ。

いみじう思し嘆きけり＝主語は御息所。


御禊＝斎院が、祭りの日以前に賀茂川の河原で身を清めること。→58頁
上達部＝三位以上の貴族。

下襲＝束帯(そくたい)姿のとき、袍(ほう)の下に着て背後に長く引く衣。

表袴＝束帯姿のとき、大口袴(おおぐちばかま)の上にはく袴。表地は白で、裏は紅色。

紋＝模様。

宣旨＝天皇のお言葉、命令。

大将の君＝源氏。

物見車＝御禊の行列を見物する者の牛車。大路の両側の端に並ぶ。

桟敷＝見物のために設けた場所。

大殿＝葵の上。

やましければ、思しかけざりけるを、若き人々、「いでや、おのがどちひき忍び見はべらむこそ、栄えなかるべけれ。おほよそ人だに、今日の物見には、大将殿をこそは、あやしき山賤さへ見たてまつらむとすなれ。遠き国々より妻子をひき具しつつも参で来なるを、御覧ぜぬはいとあまりもはべるかな」と言ふを、大宮聞こしめして、（大宮）「御心地もよろしき隙なり。さぶらふ人々も、さうざうしげなめり」とて、にはかにめぐらし仰せたまひて、見たまふ。

日たけゆきて、儀式もわざとならぬさまにて出でたまへり。隙もなう立ちわたりたるに、よそほしう引き続きて立ちわづらふ。よき女房車多くて、雑々の人なき隙を思ひ定めて、皆さし退けさする中に、網代のすこし馴れたるが、下簾のさまなどよしばめるに、いたう引き入りて、ほのかなる袖口、裳の裾、汗衫など、ものの色いときよらにて、ことさらにやつれたるけはひしるく見ゆる車二つあり。（供人）「これは、さらにさやうにさし退けなどすべき御車にもあらず」と、口強くて手触れさせず。いづ方にも、若き者ども酔ひすぎたち騒ぎたるほどのことは、えしたためあへず。おとなおとなしき御前の

若き人々＝若い女房たち。
山賤＝身分の卑しい人。
大宮＝左大臣の北の方。葵の上の母。
雑々の人＝牛車の左右にお供する従者。
網代＝網代車。網代を屋根や両脇に張った車。→参考図
下簾＝牛車の前・後ろの御簾の内側に垂らす布。色合いなどにセンスが表れる。

（『類聚雑要抄』）

裳の裾＝裳は、女房が身分の高い人の前で着用する装束。→参考図。牛車の下簾から裳の裾が透けて見えたのであろう。
汗衫＝女童や若い女性が着用する。
おとなおとなしき＝分別ある、年配の。

人々は、「かくな」など言へど、えとどめあへず。

車争いと物の怪（葵巻）

六条御息所はつれない源氏とは別れて、娘とともに伊勢に下ろうと考え始める。気を紛らわそうとこっそり賀茂祭御禊の行列を見物に行く。見物に来ていた葵の上一行に見つかり、左大臣家の権威を笠に従者が御息所の牛車を押しのけてしまう。牛車も壊され追いやられた御息所は、深い物思いに沈む。

斎宮の御母御息所、もの思し乱るる慰めにもやと、忍びて出でたまへるなりけり。つれなしづくれど、おのづから見知りぬ。（供人）「さばかりにては、さな言はせそ。大将殿をぞ豪家には思ひきこゆらむ」など言ふを、その御方の人々もまじれれば、いとほしと見ながら、用意せむもわづらはしければ、知らず顔をつくる。つひに御車ども立てつづけつれば、副車の奥に押しやられてものも見えず。心やましきをばさるものにて、かかるやつれをそれと知られぬるが、いみじうねたきこと限りなし。榻などもみな押し折られて、すずろなる車の筒にうちか

つれなしづくれ＝「つれなしづくる」は、何気ないようにとりつくろう。

さばかり＝御息所程度の人に。正式な妻ではない。

豪家＝頼みとする拠所、権威。

その御方の人々＝源氏方。葵の上の一行には、源氏の従者もいる。

用意せむ＝仲裁する。仲裁すると御息所に味方していると思われる。

副車＝お供の女房の乗る車。

やつれ＝御息所は目立たない姿で見物に来ていた。

榻＝牛車の轅を置く台。→参考図
筒＝牛車の車輪の中心の軸。

事なりぬ＝行列が来たの意。

笹の隈にだに＝笹の隈は「笹の隈檜の隈川に駒とめてしばし水かへ影をだに見む」（古今集・神

けたれば、またなう人わろく、悔しう何に来つらんと思ふにかひなし。ものも見で帰らむとしたまへど、通り出でむ隙もなきに、「事なりぬ」と言へば、さすがにつらき人の御前渡りの待たるるも心弱しや、笹の隈にだにあらねばにや、つれなく過ぎたまふにつけても、なかなか御心づくしなり。（中略）大殿のはしるければ、まめだちて渡りたまふ。御供の人々うちかしこまり、心ばへありつつ渡るを、おし消たれたるありさまこよなう思さる。

（御息所）影をのみみたらし川のつれなきに身のうきほどぞいとど知らるると、涙のこぼるるを人の見るもはしたなけれど、目もあやなる御さま容貌のいとどしう出で映えを、見ざらましかばと思さる。

物の怪に苦しむ葵の上（葵巻）

大殿には、御物の怪いたく起こりて、いみじうわづらひたまふ。この御生霊、故父大臣の御霊など言ふもありと聞きたまふにつけて、思し続くれば、身ひとつの憂き嘆きよりほかに、人をあしかれなど思

遊びの歌）。せめて隈（陰）であなた（源氏）の馬上の姿さえ。

「影をのみ」歌＝御息所の独詠歌。「みたらし川」は神社などで身を清める川。「み」は「みたらし川」と「見る」、「うき」の「浮き」「憂き」は掛詞。「影」「浮き」「川」は縁語。

目もあやなる＝まぶしいほど立派。

《車争い》

大殿＝葵の上。

御物の怪＝人にとりついて病気にしたり、死なせたりする死霊・生霊。葵の上に憑りつく物の怪なので「御」が付く。

この御生霊＝「この」は御息所自身の。

故父大臣＝御息所の亡き父大臣のことか。

聞きたまふ＝主語は六条御息所。

ふ心もなけれど、もの思ひにあくがるなる魂は、さもやあらむと思し知らるることもあり。年ごろ、よろづに思ひ残すことなく過ぐしつれど、かうしも砕けぬを、はかなきことのをりに、人の思ひ消ち、無きものにもてなすさまなりし御禊の後、ひとふしに憂しと思し浮かれにし心、鎮まりがたう思さるるけにや、すこしうちまどろみたまふ夢には、かの姫君と思しき人の、いときよらにてある所に行きて、とかく引きまさぐり、現にも似ず、猛くいかきひたぶる心出で来て、うちかなぐるなど見えたまふこと、度重なりにけり。

物の怪登場（葵巻）

まださるべきほどにもあらずと皆人もたゆみたまへるに、にはかに御気色ありてなやみたまへば、いとどしき御祈禱の数を尽くしてせさせたまへれど、例の執念き御物の怪一つさらに動かず、やむごとなき験者ども、めづらかなりともて悩む。さすがにいみじう調ぜられて、心苦しげに泣きわびて、（葵）「すこしゆるべたまへや。大将に聞こゆべき

あくがるなる魂＝「あくがる」はさ迷い出ること。「もの思へば沢の蛍も我身よりあくがれ出づる魂かとぞ見る」（後拾遺集・雑・和泉式部）。

砕けぬ＝「砕く」は思い悩む、心を痛める。

御禊＝（葵の上一行との車争いのあった）賀茂祭の禊のこと。

かの姫君＝葵の上。

いかき＝恐ろしい。気が強く荒々しい。

《髪を逆立てているのは、御息所の生霊。葵の上に憑りついている》

さるべきほど＝葵の上の出産の時期。

御気色＝出産の兆候。

祈禱＝物の怪の退散をねがう祈祷。

験者＝修験道の修行を重ね、物の怪など退散させる祈祷をする者。

ことあり」とのたまふ。（女房）「さればよ。あるやうあらん」とて、近き御几帳のもとに入れたてまつりたり。むげに限りのさまにものしたまふを、聞こえ置かまほしきこともおはするにやとて、大臣も宮もすこし退きたまへり。加持の僧ども声静めて、法華経を誦みたる、いみじう尊し。御几帳の帷子ひき上げて見たてまつりたまへば、いとをかしげにて、御腹はいみじう高うて臥したまへるさま、よそ人だに見たてまつらむに心乱れぬべし。まして惜しう悲しう思す、ことわりなり。白き御衣に、色あひいと華やかにて、御髪のいと長うこちたきを、ひき結ひてうち添へたるも、かうてこそらうたげになまめきたる方添ひて、をかしかりけれと見ゆ。御手をとらへて、（源氏）「あないみじ。心憂きめを見せたまふかな」とて、ものもえ聞こえたまはず泣きたまへば、例はいとわづらはしく恥づかしげなる御まみを、いとたゆげに見上げてうちまもりきこえたまふに、涙のこぼるるさまを見たまふは、いかがあはれの浅からむ。あまりいたく泣きたまへば、心苦しき親たちの御事を思し、またかく見たまふにつけて口惜しうおぼえたまふにやと思して、（源氏）「何ごともいとかうな思し入れそ。さりともけしうはおはせじ。


「すこし〜」＝葵の上が発した言葉だが、実際は物の怪が葵の上の口を借り発した言葉。

大将＝源氏。

大臣も宮も＝葵の上の父左大臣も母大宮も。

加持＝仏の御加護を祈ること。

法華経＝『妙法蓮華経』の略。

《祈禱する僧》　風俗博物館

帷子＝几帳の垂れ衣。→参考図
よそ人だに＝夫婦という関係でなくても。

白き御衣＝出産の際は、当人や世話をする人、及び部屋の調度も白にする慣習であった。

こちたき＝髪の量が多いこと。豊かであること。

かうてこそ＝このようにつくろわないでいる（葵の上の）様子こそ。

恥づかしげなる御まみ＝近寄り難く思われる（葵の上の）まなざし。

たゆげに＝力なく、だるそうに。

けしうはおはせじ＝たいしたことはない。

いかなりともかならず逢ふ瀬あなれば、対面はありなむ。大臣、宮なども、深き契り(ちぎ)りある仲は、めぐりても絶(た)えざなれば、あひ見るほどありなむと思(おぼ)せ」と慰(なぐさ)めたまふに、（葵）「いで、あらずや。身の上のいと苦しきを、しばしやすめたまへと聞こえむとてなむ。かく参り来むともさらに思はぬを、もの思ふ人の魂(たましひ)は、げにあくがるるものになむありける」となつかしげに言ひて、

（葵）なげきわび空に乱るるわが魂(たま)を結びとどめよしたがひのつま

とのたまふ声、けはひ、その人にもあらず変はりたまへり。いとあやしと思(おぼ)しめぐらすに、ただかの御息所なりけり。あさましう、人のとかく言ふを、よからぬ者どもの言ひ出づることと、聞きにくく思(おぼ)してのたまひ消(け)つを、目に見す見す、世にはかかることこそはありけれと、疎(うと)ましうなりぬ。


いかなりとも＝どのようになっても。死別することがあっても。

かならず逢ふ瀬あなれば＝「瀬」は所・時の意で、三瀬川（三途の川）の意を含ませる。夫婦の縁は二世にわたると言われ、来世でも再び巡り逢えると考えられていた。

深き契りある仲＝前世から深い縁のある仲。親子の縁は一世と言われるが、特に縁の深い親子の仲の場合。

めぐりても絶えざなれば＝生まれ変わっても再び巡り逢い、繋がりが尽きないので。

「いで、あらずや。〜」＝葵の上の口を借りて、物の怪の発した言葉。

かく参り来む＝このように葵の上のもとへ来る。

「なげきわび」歌＝葵の上の口を借りて、物の怪が詠じる歌。「したがひ」は着物の下前(したまえ)のこと。当時さ迷い出た魂は、着物の裾を結ぶと元の身に戻るという迷信があったか。四句は「絵入源氏物語」では「結びもとめよ」。参考歌として『伊勢物語』百十段に「思ひあまり出でにし魂のあるならむ夜深く見えば魂むすびせよ」。

その人＝葵の上。

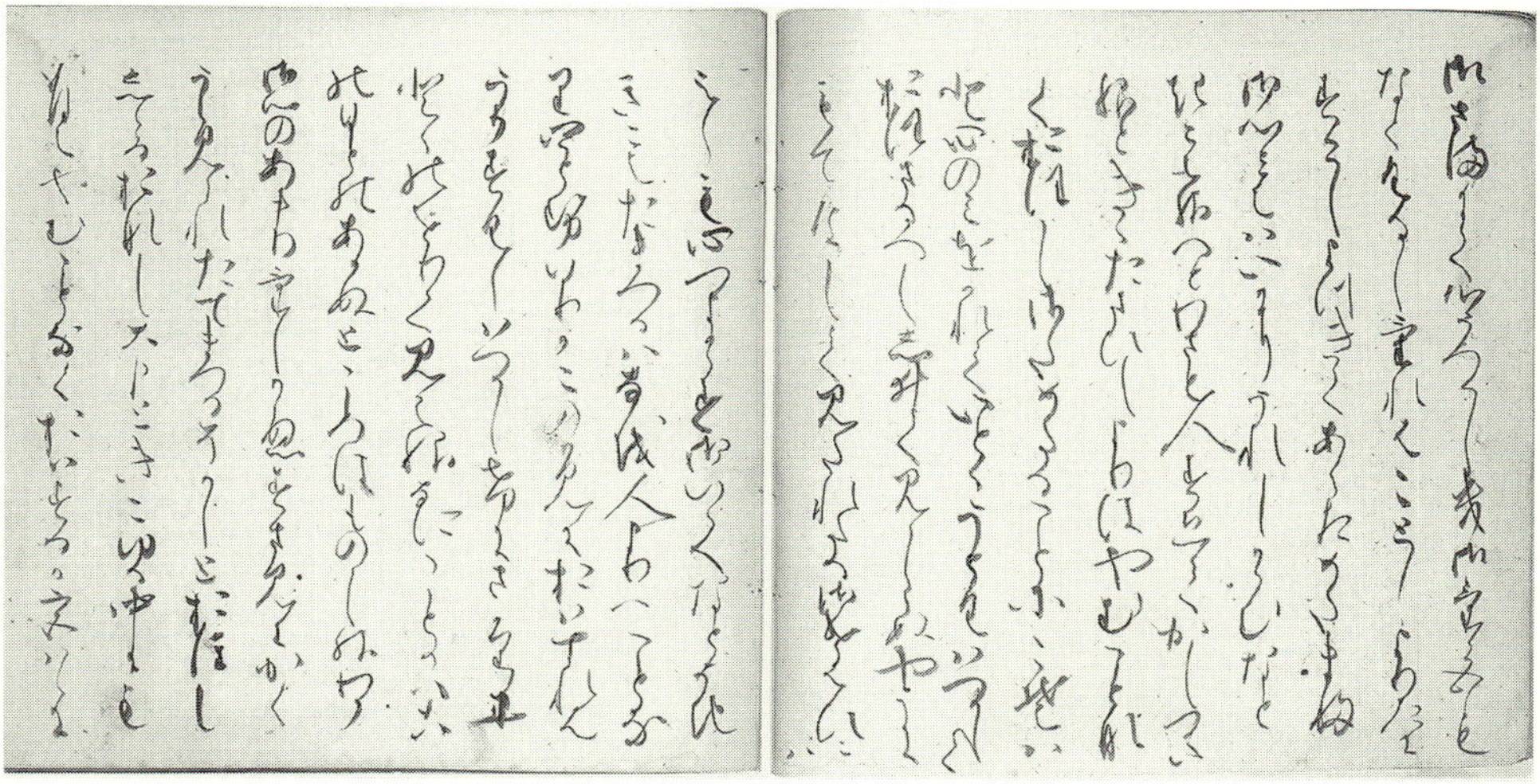

甲南女子大学蔵「紅葉賀」（鎌倉中期書写）
一二ウ～一三オ

場面は紅葉賀巻で、正月、左大臣邸で源氏が葵の上と語らう。紫の君を二条院に引き取ったことを知り、とりすましている葵の上と、なだめようとする源氏の姿。

【翻刻】御さまにて心うつくしき御気色も
なくくるしけれはことしよりたに
すこしよつきてあらためたまふ
御心みえはいかにうれしからむなと
きこえ給へとわさと人すゑてかしつき
給ときゝたまひしよりはやむことな
くおほしさためたることにこそは
と心のみをかれていとゝうとくはつかしく
おほさるへししゐて見しらぬやうに
もてなしてみたれたる御けはひには

えしも心つよからす御いらへなとうち
きこえたまへるはなを人よりはことな
り四とせはかりかこのかみにおはすれは
うちすくしはつかしけにさかりに
とゝのをりて見え給なにことかはこ
のひとのあかぬところはものし給わか
御心のあまりけしからぬすさみにかく
うらみられたてまつるそかしとおほし
しらるおなし大臣ときこゆる中にも
おほえやむことなくおはするか宮はらに

葵の上の死とその後の六条御息所（葵巻）

物の怪に苦しむ懐妊中の葵の上に接し、源氏はどうして今まで心通わせなかったのかと反省する。葵の上は無事男の子（後の夕霧）を産むが、秋の司召（つかさめし）のため源氏以下左大臣家の人々が参内した後、にわかに苦しみだし亡くなる。

いとをかしげなる人の、いたう弱りそこなはれて、あるかなきかの気色（けしき）にて臥（ふ）したまへるさま、いとらうたげに苦しげなり。御髪（みぐし）の乱れたる筋もなく、はらはらとかかれる枕のほど、ありがたきまで見ゆれば、年ごろ何ごとを飽（あ）かぬことありて思ひつらむと、あやしきまでうちまもられたまふ。「（源氏）院などに参りて、いととくまかでなむ。かやうにて、おぼつかなからず見たてまつらば、うれしかるべきを、宮のつとおはするに、心地なくやとつつみて、過ぐしつるも苦しきを、なほやうやう心強く思（おぼ）しなして、例の御座所（おましどころ）にこそ。あまり若くもてなしたまへば、かたへは、かくてものしたまふぞ」など聞こえおきたまひて、いときよげにうち装束（さうぞ）きて出でたまふを、常よりは目とどめて見出だして、臥したまへり。


いとをかしげなる人＝「をかしげ」はかわいらしい様子。葵の上のこと。

年ごろ何ごとを飽かぬことありて＝ここ数年葵の上のどこに不足があると。

院＝桐壺院の御所。

宮＝葵の上の母大宮。

御座所＝貴人が普段居る所。快方に向かい、いつも葵の上の居る所に。

かたへは＝「かたへ」は部分。一つには。

司召＝大臣以外の諸官職を任命する行事。除目ともいう。春は地方官の人事、秋は京官を任ずる人事が行われた。京官（中央官庁の官吏）なので、左大臣以下息子たちも出仕した。

大殿＝左大臣。

殿の内＝左大臣邸内。

内裏＝宮中。

消息＝連絡。

足を空にて＝足が地につかないほど慌てふためいている様子。

秋の司召(つかさめし)あるべき定めにて、大殿(おほとの)も参りたまへば、君たちもいたはり望みたまふことどもありて、殿の御あたり離れたまはねば、皆引き続き出でたまひぬ。

殿の内人少なにしめやかなるほどに、にはかに、例の御胸をせきあげて、いといたうまどひたまふ。内裏(うち)に御消息(せうそこ)聞こえたまふほどもなく、絶え入りたまひぬ。足を空にて誰(たれ)も誰もまかでたまひぬれば、除目(ぢもく)の夜(よ)なりけれど、かくわりなき御さはりなれば、みな事破れたるやうなり。ののしり騒ぐほど、夜半(よなか)ばかりなれば、山の座主(ざす)、何くれの僧都(そうづ)たちもえ請(さう)じあへたまはず。今はさりともと思ひたゆみたりつるに、あさましければ、殿の内の人、物にぞ当たりまどふ。所どころの御とぶらひの使(つかひ)など立ち混(こ)みたれば、え聞こえつがずゆすりみちて、いみじき御心まどひども、いと恐ろしきまで見えたまふ。御物の怪のたびたび取り入れたてまつりしを思(おぼ)して、御枕などもさながら、二三日見たてまつりたまへど、やうやう変はりたまふことどものあれば、限りと思(おぼ)しはつるほど誰も誰もいといみじ。

除目＝「司召」参照。
事破れたる＝「事」は行事・儀式。「破る」は成り立たないで終わること。
山の座主＝「山」は比叡山を指す。「座主」は天台宗延暦寺の寺務の最高の僧職。
御とぶらひの使＝帝からの見舞いの使者。
変はりたまふ＝死相が現れること。
限り＝もはや息を吹き返す望みがないこと。

《現在の野宮神社　京都嵯峨野》

伊勢下向の日近く、野宮を訪ねる源氏（賢木巻）

その後御息所は、つれない源氏をあきらめ伊勢に下る決意をする。源氏は複雑な心中ではあるが、御息所に別れの挨拶をする。

はるけき野辺を分け入りたまふより、いとものあはれなり。秋の花みなおとろへつつ、浅茅が原もかれがれなる虫の音に、松風すごく吹きあはせて、そのこととも聞きわかれぬほどに、ものの音ども絶え絶え聞こえたる、いと艶なり。

睦ましき御前十余人ばかり、御随身ことごとしき姿ならで、いたう忍びたまへれど、ことにひきつくろひたまへる御用意、いとめでたく見えたまへば、御供なるすき者ども、所がらさへ身にしみて思へり。御心にも、などて今まで立ちならさざりつらむと、過ぎぬる方悔しう思さる。ものはかなげなる小柴を大垣にて、板屋どもあたりあたりいとかりそめなめり。黒木の鳥居どもは、さすがに神々しう見えわたされて、わづらはしき気色なるに、神官の者ども、ここかしこにうちしはぶきて、おのがどちものうち言ひたるけはひなども、ほかにはさ

野宮＝斎宮・斎院に就く前に身を清めるため一年間こもる宮。斎宮の野宮は京都嵯峨野に置かれた。→58頁
はるけき野辺＝はるばると広がる嵯峨野一帯。季節は秋で、もの悲しさが漂う。

浅茅が原＝茅など雑草の生い茂っている荒れ野。

かれがれなる＝浅茅が原の「枯れ枯れ」と虫の音の「嗄れ嗄れ」を掛ける。

御随身＝貴人が外出する際、勅命によって警護にあたる人。大将は六人付く。

大垣＝外周の垣根、塀。

板屋＝板葺きの屋根。

黒木の鳥居＝皮を削っていない丸木で作った鳥居。野宮はその度毎に作り壊すので、簡素な黒木の鳥居が用いられた。

簀子＝寝殿造で、廂の外側にある板敷の縁側。

榊＝椿科の常緑樹。枝葉を神事に用いる。香りがする。

変はらぬ色＝「ちはやぶる神垣山の榊葉は時雨に色も変はらざりけり」（後撰集・冬・読人不知）による。

斎垣＝神社など神聖な領域にめぐらす垣根。みだりに越えてはいけないとされた。参考歌として

ま変はりて見ゆ。（中略）（源氏）「こなたは、簀子ばかりのゆるされははべりや」とて、上りゐたまへり。はなやかにさし出でたる夕月夜に、うちふるまひたまへるさま、にほひ似るものなくめでたし。月ごろの積もりを、つきづきしう聞こえたまはむも、まばゆきほどになりにければ、榊をいささか折りて持たまへりけるをさし入れて、（源氏）「変はらぬ色をしるべにてこそ、斎垣も越えはべりにけれ。さも心憂く」と聞こえたまへば、

（御息所）神垣はしるしの杉もなきものをいかにまがへて折れる榊ぞ

と聞こえたまへば、

（源氏）少女子があたりと思へば榊葉の香をなつかしみとめてこそ折れ

（中略）悔しきこと多かれど、かひなければ、明けゆく空もはしたなう出でたまふ。道のほどいと露けし。女もえ心強からず、なごりあはれにてながめたまふ。（中略）御文、常よりもこまやかなるは、思しなびくばかりなれど、またうち返し定めかねたまふことならねば、いとかひなし。

『伊勢物語』七十一段「ちはやぶる神のいがきも越えぬべし大宮人の見まくほしさに」。

「神垣は」歌＝「神垣」は神社の周囲に巡らし、神域をしめす垣。「しるしの杉」は「わが庵は三輪の山もと恋しくはとぶらひ来ませ杉立てる門」（古今集・雑下・読人不知）による。目印の杉のこと。

「少女子が」歌＝「少女子」は神に奉仕する少女のこと。「とめ」は尋ね求める、探すの意。

悔しきこと多かれど＝源氏の心の中。

露けし＝涙で袖が濡れている状態。

女＝御息所。

なごり＝源氏との別れの余韻。

御文＝源氏からの手紙。

うち返し定めかねたまふこと＝下向の意向をひるがえしなさること。

《榊を差し入れる源氏、御簾内に御息所》

病の床にある六条御息所を見舞う（澪標巻）

葵巻から約七年後、明石から帰還した源氏は、伊勢から戻った御息所の病の噂を聞き見舞いに駆けつける。御息所は苦しい息の下、娘の後見を源氏に頼み亡くなる。

なほ、かの六条の古宮をいとよく修理しつくろひたりければ、みやびかにて住みたまひけり。よしづきたまへること古りがたくて、よき女房など多く、すいたる人の集ひ所にて、ものさびしきやうなれど、心やれるさまにて経たまふほどに、にはかに重くわづらひたまひて、もののいと心細く思されければ、罪深き所に年ごろ経つるもいみじう思して、尼になりたまひぬ。大臣聞きたまひて、かけかけしき筋にはあらねど、なほさる方のものをも聞こえあはせ人に思ひきこえつるを、かく思しなりにけるが口惜しうおぼえたまへば、驚きながら渡りたまへり。飽かずあはれなる御とぶらひ聞こえたまふ。近き御枕上に御座よそひて、脇息におしかかりて、御返りなど聞こえたまふも、いたう弱りたまへるけはひなれば、絶えぬ心ざしのほどはえ見えたてま

よしづき＝風雅のたしなみがある。

すいたる人＝風流な人。

罪深き所＝斎宮は神職なので仏事は行わない。仏事から遠ざかっていたことをいう。

大臣＝源氏。内大臣になっている。

かけかけしき筋＝好色めいた方面。

さる方のもの＝風流の方面では。

かく思しなりにける＝このように出家を御決心なさったことを。

渡り＝六条御息所の住む屋敷に足を運び。

御枕上＝御息所の枕元。

御座＝源氏のための席。

脇息＝座った時横に置いて肘を掛け、体を安楽にする道具。

絶えぬ～え見えたてまつらでや＝（源氏は）今も変わらない思いをご覧いただけずに終わってしまうのか。

女＝御息所のこと。

つらでやと口惜しうて、いみじう泣いたまふ。かくまでも思し（おぼ）とどめたりけるを、女もよろづにあはれに思し（おぼ）て、斎宮の御事をぞ聞こえたまふ。（御息所）「心細くてとまりたまはむを、かならず事にふれて数（かず）まへきこえたまへ。また見ゆづる人もなく、たぐひなき御ありさまになむ。かひなき身ながらも、いましばし世の中を思ひのどむるほどは、とざまかうざまにものを思し（おぼ）知るまで見たてまつらむとこそ、思ひたまへつれ」とても、消え入りつつ泣きたまふ。

斎宮の御事＝「斎宮」は御息所の娘、前の斎宮のこと。御息所は娘の後見を源氏に頼む。
数まへ＝人並みに扱う。目をかける。
見ゆづる人＝お世話を頼める人。

《紫の上に憑（と）りつき、調伏されようとする六条御息所の死霊》

この七・八日後、御息所は息を引き取った。源氏は悲しみに沈む。前斎宮は、源氏の養女として冷泉帝のもとへ入内する（以上、絵合（えあわせ）巻）。

前斎宮は中宮（秋好中宮（あきこのむちゅうぐう））となる。源氏は中宮の里邸にするため、御息所の住居周辺の土地を購入し、六条院を造営する。四つの御殿に四季の花々を植え、ふさわしい女性を住まわせる。春の御殿には紫の上、夏の御殿には花散里、冬の御殿は明石の君、秋の御殿は中宮里邸とした（以上、少女（おとめ）巻）。

六条御息所は死して死霊となって源氏の周囲に憑（と）りつき、紫の上や女三宮の出家後の場面に登場する（以上、若菜下・柏木（かしわぎ）巻）。

＊伊勢の斎宮と賀茂の斎院

平安時代、都と天皇家を守護する社（やしろ）として伊勢神宮と賀茂神社があった。伊勢神宮は天照大御神（あまてらすおおみかみ）を祭神とし、三重県伊勢市にある。賀茂神社（上賀茂神社と下鴨神社）は賀茂氏の氏神を祀る神社であり京都市にある。どちらも天皇の名代（みょうだい）として未婚の内親王（または女王）が奉仕し、斎宮は天皇即位のたびに選ばれ交代した。伊勢神宮に奉仕する皇女を斎宮、賀茂神社に奉仕する皇女を斎院という。ここでは源氏の父桐壺帝が譲位し朱雀帝の御代となったので、六条御息所の娘が伊勢の斎宮に、朱雀帝の妹が斎院に選ばれた。

斎宮は宮中で潔斎し、その後野宮へ移り、伊勢に下る。斎院も同様精進潔斎（しょうじんけっさい）の後、賀茂に赴く。その際、賀茂川の河原で禊（みそぎ）を行うための行列（御禊（ごけい））がこの「御禊の行列の日、見物に行く葵の上一行」「車争いと物の怪」の場面である。行列に参加するのは、選りすぐりの上達部であり、着飾った行列の姿を地方からも大勢の人々が見物にやってきた。葵の上一行は、夫源氏の晴れ姿を見ようとし、六条御息所は源氏の姿を見納めにして娘とともに伊勢に下り、源氏のことを諦めようと考えていたのである。

この行列は、牛車や髪飾りに賀茂神社の印である二葉葵の葉を飾り付けることから、現在は葵祭と称されている。

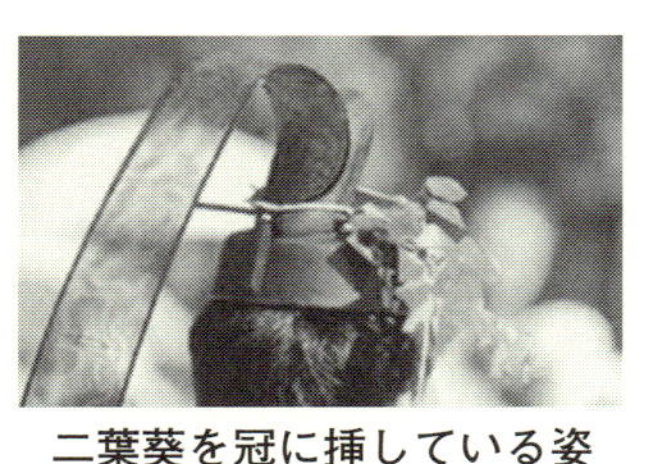

二葉葵を冠に挿している姿

現在の下鴨神社

紫の上

兵部卿宮の娘。母は故按察使大納言の娘。藤壺の姪にあたる。

北山で源氏に見出され、屋敷に引き取られる（若紫巻）。葵の上死後、源氏と結婚（葵巻）、源氏が須磨・明石に退去する際には財産の管理を一任される（須磨巻）。源氏と明石の君との娘（明石姫君）を引き取って養育し（松風巻）、六条院が造営されて後は春の町に住む（少女巻）。

六条院造営後は、衣配り（玉鬘巻）や秋好中宮の御読経（胡蝶巻）、明石姫君の東宮入内（藤裏葉巻）などで女主人としての役割を果たす。一方で、義理の息子にあたる夕霧からは憧れを抱かれる（野分巻）。

女三宮が源氏の妻として降嫁してくると、源氏との間に溝がうまれ（若菜上巻）、女楽の翌日病に倒れる（若菜下巻）。

その後、完全に回復することなく亡くなり（御法巻）、源氏を始め多くの人々に惜しまれる（御法・幻巻）。

若紫との出会い（若紫巻）

十八歳の春、源氏は瘧病（わらわやみ）にかかり、加持を受けるため北山の聖（ひじり）のもとに赴く。北山で供人たちの、明石の入道とその娘についての噂話に耳を傾けなどして過ごした源氏は、その夕暮、女の住む気配の某僧都の坊を小柴垣越しにのぞいた。すると、ただ人とは思えない気品のある尼君と幼く可憐な少女がいた。源氏は尼君に戒められるこの少女に強く心をひきつけられた。少女は源氏が恋い慕ってやまぬ藤壺に生き写しだったのである。

日もいと長きにつれづれなれば、夕暮のいたう霞みたるにまぎれて、かの小柴垣（こしばがき）のもとに立ち出でたまふ。人々は帰したまひて、惟光（これみつ）ばかり御供（とも）にてのぞきたまへば、ただこの西面（にしおもて）にしも、持仏（ぢぶつ）据（す）ゑたてまつりて行ふ尼なりけり。簾（すだれ）すこし上げて、花たてまつるめり。中の柱に寄りゐて、脇息（けふそく）の上に経（きやう）を置きて、いとなやましげに読みゐたる尼君、ただ人と見えず。四十ばかりにて、いと白くあてに痩せたれど、つらつきふくらかに、まみのほど、髪のうつくしげにそがれたる末（すゑ）も、なかなか長きよりもこよなう今めかしきものかなと、あはれに見たまふ。

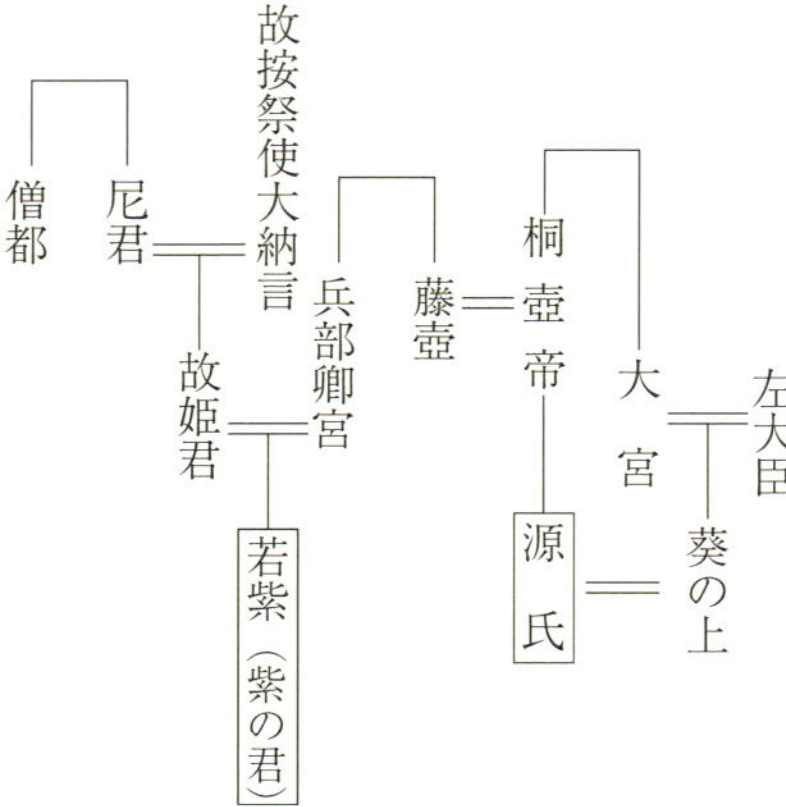

小柴垣＝木や竹の小枝で編んだ丈の低い垣根。
惟光＝源氏の乳母子（めのとご）で腹心の家来。
西面＝西向きの部屋。西方浄土（さいほうじょうど）を意識している。
持仏＝守り本尊として身近に置き、信仰する仏像。
簾＝外部から見えないように、掛ける簀（す）。葦や竹

清げなる大人二人ばかり、さては童女(わらはべ)ぞ出で入り遊ぶ。中に十ばかりにやあらむと見えて、白き衣(きぬ)、山吹などのなれたる着て、走り来たる女子(をんなご)、あまた見えつる子どもに似るべくもあらず、いみじう生ひさき見えて、うつくしげなる容貌(かたち)なり。髪は扇を広げたるやうにゆらゆらとして、顔はいと赤くすりなして立てり。

(尼君)「何ごとぞや。童女と腹立ちたまへるか」とて、尼君の見上げたるに、すこしおぼえたるところあれば、子なめりと見たまふ。(紫)「雀の子を犬君(いぬき)が逃がしつる。伏籠(ふせご)のうちに籠めたりつるものを」とて、いと口惜しと思へり。このゐたる大人、(少納言)「例の、心なしの、かかるわざをしてさいなまるるこそ、いと心づきなけれ。いづ方へかまかりぬる。いとをかしうやうやうなりつるものを。烏(からす)などもこそ見つくれ」とて、立ちて行く。髪ゆるらかにいと長く、めやすき人なめり。少納言の乳母(めのと)とぞ人言ふめるは、この子の後見(うしろみ)なるべし。

尼君、「いで、あな幼や。言ふかひなうものしたまふかな。おのがかく今日明日になりぬる命をば、何とも思(おぼ)したらで、雀慕ひたまふほどよ。罪得(う)ることぞと、常に聞こゆるを、心憂(う)く」とて、(尼君)「こちや」


で編む。

中の柱＝壁に接していない中央の柱。

脇息＝座った時、体をもたせかける調度。この場合は机代わり。

髪のうつくしげにそがれたる＝肩の辺りで切りそろえた髪形をいう。尼削(そ)ぎ。→参考図
白き衣＝袿(うちき)。ここでは、単(ひとえ)と表着(うわぎ)との間に着た衣。→参考図
山吹＝山吹襲(やまぶきがさね)。表は薄朽葉(くちば)、裏は黄色。袿の上にこの表着(うわぎ)を着ている。

女子＝紫の君。

犬君＝召使の童女の名。

伏籠＝火取(ひとり)の上にかぶせ、衣を掛けて香をたきしめたり暖めたりするのに用いる籠。竹または金属製。それを鳥籠に代用している。

《伏籠》 風俗博物館

乳母＝母親に代わり、乳を与え育てる女性。後見役も兼ねる。
罪得ること＝生き物を捕まえることは、仏罰を受けるという仏教的な考え方。

と言へば、ついゐたり。

つらつきいとらうたげにて、眉のわたりうちけぶり、いはけなくかいやりたる額（ひたひ）つき、髪（かむ）ざし、いみじううつくし。ねびゆかむさまゆかしき人かなと、目とまりたまふ。さるは、限りなく心を尽くしきこゆる人に、いとよう似たてまつれるが、まもらるるなりけり、と思ふにも涙ぞ落つる。

尼君、髪をかき撫でつつ、「けづることをもうるさがりたまへど、をかしの御髪（みぐし）や。いとはかなうものしたまふこそ、あはれにうしろめたけれ。かばかりになれば、いとかからぬ人もあるものを。故姫君は、十二にて殿に後れたまひしほど、いみじうものは思ひ知りたまへりしぞかし。ただ今おのれ見捨てたてまつらば、いかで世におはせむとすらむ」とて、いみじく泣くを見たまふも、すずろに悲し。幼心地にも、さすがにうちまもりて、伏目（ふしめ）になりてうつぶしたるに、こぼれかかりたる髪、つやつやとめでたう見ゆ。

（尼君）生ひ立たむありかも知らぬ若草をおくらす露ぞ消えむ空なき

またゐたる大人、「げに」と、うち泣きて、

《源氏、紫の君を垣間見る》

眉のわたりうちけぶり＝眉墨で引いた眉ではなく、生えたままにしている眉の様子。

髪ざし＝髪の生えぐあい。

限りなく心を尽くしきこゆる人＝藤壺のこと。後に、少女（紫の君）は藤壺の姪だとわかる。

故姫君＝亡き姫君。尼君の娘で、この少女の母。

殿＝故姫君の父で、尼君の夫。

「生ひ立たむ」歌＝「若草」は、春、芽が出たばかりの草。この少女を喩える。「露」は、はかない命を意味する。尼君を喩える。

ゐたる大人＝少納言の乳母ではない、他の女房。

「初草の」歌＝「初草」は「若草」に同じ。

（女房）初草の生ひ行く末も知らぬまにいかでか露の消えむとすらむ

この少女（紫の君）は実は兵部卿宮の姫君で、藤壺の姪であった。源氏は、この少女を身近に置いて思いのままに教え育てたいと思い、僧都や尼君にそのことを懇望するが、少女の幼さを思う二人は源氏のこの申し出を取り合おうともしなかった。源氏は加持を終えて下山したが、相変わらず心の通わない葵の上にあきたらず、この少女への思いをつのらせていった。

秋の末、帰京していた北山の尼君の家を訪れた源氏に、尼君は紫の君を託す。その後、尼君は亡くなり、源氏は、父宮に引き取られる予定の紫の君を盗み出すようにして二条院に迎え取った（以上、若紫巻）。

二条院での生活にとけ込み、成長していく紫の君に源氏は愛着を深めていくが、正妻葵の上との関係は冷たいものとなっていった（以上、紅葉賀・花宴巻）。

伝後光厳天皇筆源氏物語切

場面は若紫巻で、尼君の忌明けに源氏が訪ねた際に、少納言の乳母が語った言葉である。この古筆切の書写は、南北朝だと推定される。

【翻刻】にいとむけにちこならぬよはひの／またはかく〱しう人のおもむきをもみ／しり給はすなかそらなる御ほとにて／あまたものし給なる中のあなつらは／しき人にてやましり給かんなとすき／給ぬるもよとゝもにおほしなけき／つるもしるきことおほく侍にかたし／けなきなけの御ことはゝのちの御心／もたとりきこへさすいとうれし／うおもひたまへられぬへきおりふし

新枕（葵巻）

桐壺帝の譲位後、二十二歳の源氏は東宮の後見を委(ゆだ)ねられたが、右大臣方が権勢を振るい、藤壺も源氏にとってますます手の届きがたい存在となっていた。

賀茂の新斎院御禊(ごけい)の日での車争いによって葵の上への恨みを抱いた六条御息所は、夢に葵の上を責めさいなむことが度重なる。一方、出産を控えた葵の上は物の怪に悩まされていた。物の怪調伏の加持祈禱の際、源氏は御息所の生霊に対面する。葵の上は難産の末に男子（夕霧）を出産するが、帰らぬ人となった。源氏は左大臣邸で四十九日間の喪に服す。

喪が明けて二条院に戻り、源氏は、しばらく見ぬ間にすっかり大人びて、ますます藤壺に似てきた紫の君に満足し新枕を交わした。紫の上は源氏を恨んだが源氏の愛情は深まり、この結婚のことを、父兵部卿宮をはじめ世間に知らせようと考えるのだった。

姫君の、何ごともあらまほしうととのひ果てて、いとめでたうのみ見えたまふを、似げなからぬ程にはた見なしたまへれば、気色ばみたることなど、折々聞こえ試みたまへど、見も知りたまはぬ気色なり。つれづれなるままに、ただこなたにて碁(ご)打ち、偏(へん)つぎなどしたまひつつ、日を暮らしたまふに、心ばへのらうらうじく愛敬(あいぎやう)づき、はかなき戯(たはぶ)れごとの中にも、うつくしき筋をし出(い)でたまへば、思(おぼ)し放ちた

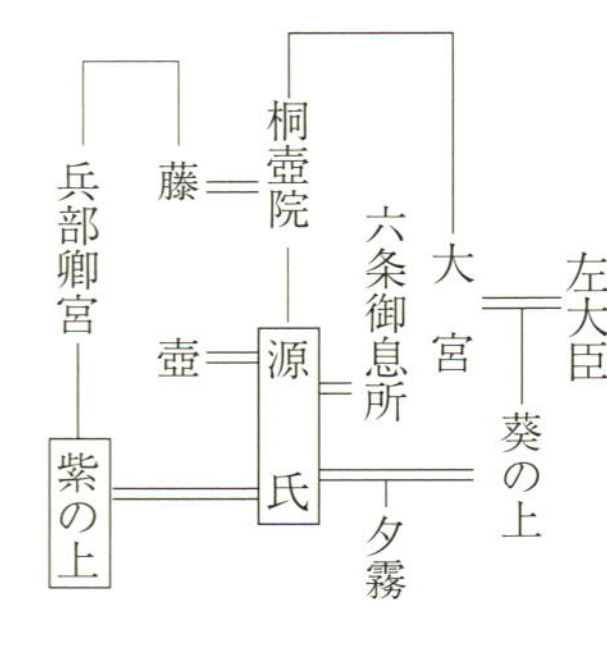

る年月こそ、ただざるかたのらうたさのみはありつれ、しのびがたくなりて、心苦しけれど、いかがありけむ、人のけぢめ見たてまつりわくべき御仲にもあらぬに、男君はとく起きたまひて、女君はさらに起きたまはぬ朝（あした）あり。（中略）君は渡りたまふとて、御硯（すずり）の箱を、御帳（みちやう）のうちにさし入れておはしにけり。人まにからうじて頭（かしら）もたげたまへるに、引き結びたる文（ふみ）、御枕のもとにあり。何心もなく、ひき開けて見たまへば、

（源氏）あやなくも隔てけるかな夜（よ）をかさねさすがに馴（な）れし中の衣（ころも）を

と書きすさびたまへるやうなり。かかる御心おはすらむとは、かけても思（おぼ）し寄らざりしかば、などてかう心憂（こころう）かりける御心を、うらなく頼もしきものに思ひきこえけむと、あさましう思（おぼ）さる。昼つかた、渡りたまひて、（源氏）「悩ましげにしたまふらむは、いかなる御心地ぞ。今日は碁も打たで、さうざうしや」とて、のぞきたまへば、いよいよ御衣（ぞ）ひきかづきて臥（ふ）したまへり。（中略）御硯（すずり）開けて見たまへど、物もなければ、若（わか）の御心ありさまやと、らうたく見たてまつりたまひて、日（ひ）一日（ひとひ）入りゐて慰めきこえたまへど、解けがたき御気色（みけしき）いとどらうたげ

姫君＝紫の君。

似げなからぬ程に＝紫の君が成長して、源氏の妻として不似合いでなくなること。

気色ばみたること＝源氏が紫の君に結婚をほのめかすこと。

つれづれなるままに＝他の女性の所への外出も億劫になっている。この所在なさが、源氏を紫の君へと向かわせている。

こなた＝二条院の西の対。

碁打ち、偏つぎ＝「碁」「偏つぎ」は、当時の遊び。「偏つぎ」は、漢字の旁（つくり）と偏（へん）を使っての遊戯。遊戯方法には諸説がある。

思し放ちたる年月＝結婚の相手として考えなかった、これまでの何年間か、の意。

人のけぢめ見たてまつりわくべき＝二人は以前から一つの御帳に臥していたから、女房にも夫婦関係の始まりがわからない。

男君＝源氏。二十二歳。恋の場面なのでこう呼ぶ。

女君＝紫の上。十四歳。

渡りたまふ＝源氏自身の居室がある東の対に。

引き結びたる文＝結び文。ここでは後朝（きぬぎぬ）の文（ふみ）。新婚の翌朝、男が歌を贈り、女も返歌をする。

「あやなくも」歌＝「あや」「かさね」「馴れ」「衣」は縁語。写本の多くは結句「夜の衣を」。

渡りたまひて＝源氏が西の対の紫の上のもとに。

物もなければ＝後朝の文の返歌がないのである。

新婚の作法も知らない紫の上の世慣れぬさま。

なり。

その夜さり、亥の子の餅参らせたり。（中略）君、南の方に出でたまひて、惟光を召して、（源氏）「この餅、かう数々に所狭きさまにはあらで、明日の暮れに参らせよ。今日は忌ま忌ましき日なりけり」とうちほほ笑みてのたまふ御気色を、心とき者にて、ふと思ひ寄りぬ。（中略）君は、こしらへわびたまひて、今はじめ盗みもて来たらむ人の心地するもいとをかしくて、年ごろあはれと思ひきこえつるは、片端にもあらざりけり、人の心こそうたてあるものはあれ、今は一夜も隔てむことのわりなかるべきこと、と思さる。

のたまひし餅、忍びていたう夜更かして持て参れり。少納言はおとなしくて、恥づかしうや思さむ、と思ひやり深く心しらひて、娘の弁といふを呼び出でて、（惟光）「これ忍びて参らせたまへ」とて、香壺の箱を一つさし入れたり。（中略）あやしと思へど（中略）若き人にて、気色もえ深く思ひ寄らねば、持て参りて御枕上の御几帳よりさし入れたるを、君ぞ、例の聞こえ知らせたまふらむかし。人はえ知らぬに、翌朝、この箱をまかでさせたまへるにぞ、親しき限りの人々思ひ合は

その夜さり＝二人が契りを交わした翌日の夜になって、の意。

亥の子の餅＝陰暦十月初亥の日の亥の刻（午後九時〜十一時）に無病息災と子孫繁栄を祝って食べる餅。七種の粉（大豆・小豆・ささげ・胡麻・栗・柿・糖）を混ぜて猪の子の形に作る。

南の方＝二条院の西の対の南に面した場所。

明日の暮れ＝新婚三日目の夜、男女がともに餅を食べる「三日夜の餅」の儀式をおこなう。

心とき者＝ここでは、男女関係に勘の鋭い人。

盗みもて来たらむ人＝略奪結婚を想定しての発想。

少納言＝紫の上の乳母。

香壺の箱＝香壺（薫物を入れる壺）をいくつか入れる箱。

《三日夜の餅を差し入れる》

することどもありける。（中略）少納言は、いとかうしもやは、とこそ思ひきこえさせつれ、あはれにかたじけなく、思(おぼ)しいたらぬことなき御心ばへを、まづうち泣かれぬ。（中略）

かくて後(のち)は、内裏(うち)にも院にも、あからさまに参りたまへる程だに静心なく面影(おもかげ)に恋しければ、あやしの心やと、我ながらおぼさる。通ひたまひし所々よりは、恨めしげにおどろかしきこえたまひなどすれば、いとほしと思(おぼ)すもあれど、新手枕(にひたまくら)の心苦しくて、夜(よ)をや隔てむ、と思(おぼ)しわづらはるれば、いとものの憂くて悩ましげにのみもてなしたまひて、（源氏）「世の中のいと憂くおぼゆるほど過ぐしてなむ、人にも見えたてまつるべき」とのみいらへたまひつつ過ぐしたまふ。


几帳＝室内の隔てに用いる障壁具。↓参考図
親しき限りの人々＝紫の上の身近に仕える女房たち。

いとかうしもやは＝三日夜の餅の儀は、紫の上を正式な妻の一人として認めたことを意味する。

院＝源氏の父桐壺院の御所。

面影に恋しければ＝「面影に見えて恋しければ」の意。

おどろかしきこえたまひ＝恋人たちが源氏の気を引こうとして手紙を送ってくるのである。

新手枕＝新妻の紫の上を指す。

夜をや隔てむ＝「若草の新手枕を枕(ま)きそめて夜をや隔てむ憎くあらなくに」（万葉集・二五四二）による。

世の中の〜おぼゆる＝葵の上の死から立ち直れないため恋愛に心が向かないという、出歩かない口実。ここでの「世の中」は、人生。


源氏二十三歳の十月、桐壺院は重体に陥り、やがて崩御する。

年が改まり、権勢は右大臣方に移り、源氏の勢いは衰える。右大臣家の六の君（朧月夜(おぼろづきよ)）は尚侍(ないしのかみ)になるが、源氏は朧月夜との危険な逢瀬を重ねていた。

諒闇(りょうあん)が明けた源氏二十五歳の夏、病気療養のため里下がりをした朧月夜との逢瀬を右大臣に発見され、弘徽殿大后は源氏を失脚させるべく策略をめぐらすことになる（以上、賢木(さかき)巻）。

須磨の別れ（須磨巻）

朧月夜との逢瀬が発覚した二十六歳の源氏は政情を恐れて、自ら須磨に退去することを決意した。京に残していく紫の上への愛着は深いが、連れていくことはできない。都の邸や所領の管理を紫の上に託して、三月下旬、源氏は京を離れた。

西の対に渡りたまへれば、御格子も参らで眺め明かしたまひければ、簀子などに、若き童女、所々に臥して、今ぞ起き騒ぐ。（中略）帥宮、三位中将などおはしたり。対面したまはむとて、御直衣などたてまつる。（源氏）「位なき人は」とて、無紋の御直衣、なかなかいとなつかしきを着たまひてうちやつれたまへる、いとめでたし。御鬢かきたまふとて鏡台に寄りたまへるに、面痩せたまへる影の、我ながらいとあてにきよらなれば、（源氏）「こよなうこそ、おとろへにけれ。この影のやうにや痩せてはべる。あはれなるわざかな」とのたまへば、女君、涙を一目うけて見おこせたまへる、いと忍びがたし。

（源氏）身はかくてさすらへぬとも君があたり去らぬ鏡の影は離れじ

と、聞こえたまへば、

西の対＝二条院の西の対。紫の上が住む。
格子＝廂の周囲の柱間に掛ける建具。上下二枚に分かれる。→参考図
簀子＝殿舎の廂の外につくられた縁。通路のほか、応接の場などとしても用いられる。

（紫）別れても影だにとまるものならば鏡を見ても慰めてまし

言ふともなくて柱隠れにゐ隠れて涙を紛らはしたまへるさま、なほここら見るなかにたぐひなかりけりと、思し知らるる人の御ありさまなり。（中略）

その日は、女君に御物語のどかに聞こえ暮らしたまひて、例の夜深く出でたまふ。狩の御衣など、旅の御よそひいたくやつしたまひて、（源氏）「月出でにけりな。なほすこし出でて、見だに送りたまへかし。いかに聞こゆべきこと多くつもりにけりとのみ思えむとすらむ。一日二日たまさかに隔つる折だに、あやしういぶせき心地するものを」とて、御簾巻き上げて、端の方にいざなひきこえたまへば、女君、泣き沈みたまへる、ためらひてゐざり出でたまへる、月影、いみじうをかしげにてゐたまへり。わが身かくてはかなき世を別れなば、いかなるさまにさすらへたまはむと、うしろめたく悲しけれと、思し入りたるが、いとどしかるべければ、

（源氏）「生ける世の別れを知らで契りつつ命を人に限りけるかな

はかなし」など、あさはかに聞こえなしたまへば、

帥宮＝源氏の異母弟。
三位中将＝昔の頭中将。
直衣＝貴族の平常着。→参考図
無紋＝平絹（織文様のない絹布）。喪中、謹慎の意などを表す際に着る。
鬢＝頭の両側面の髪。耳上の髪。
影＝ここでは、鏡に映った姿。
女君＝紫の上。
「身はかくて」歌＝「影は離れじ」に「かけは離れじ」を響かせる。

《帥宮と三位中将来訪。源氏は鏡台を見る》

ここら見るなか＝源氏が見知っておられる女性たちの中、の意。
例の夜深く＝当時の出立は、早朝暗いうちが普通。
狩の御衣＝狩衣のこと。

惜（紫）しからぬ命に代へて目の前の別れをしばしとどめてしがな
げにさぞ思（おぼ）さるらむと、いと見捨てがたけれど、明け果てなば、はしたなかるべきにより、急ぎ出でたまひぬ。道すがら面影につと添ひて、胸もふたがりながら、御舟に乗りたまひぬ。

語り合う人も無い須磨の源氏にとって、都との交信だけが唯一の慰めであるが、人々の嘆きもまたそれぞれである。紫の上の悲しみは深い。一方、明石の入道は、源氏流離の噂を聞き、娘明石の君を奉りたいと願う。入道は、この娘に幸せをもたらすまたとない機会だと思うのであった。

年明けて三月上巳の日、海辺で禊（みそぎ）を始めると急に暴風雨が襲った。荒天もようやく鎮まるとみえた三月十三日の夜、源氏の夢枕に故桐壺院が立ち、住吉の神の導きに従ってこの浦を去れという。その暁、明石の入道一行が船を仕立てて到着した。入道も源氏を迎えよとの夢告を受けていたのである。

明石の君との結婚を恨む（明石巻）

入道の誘いに応じて明石の浦に移った源氏は、ようやく心落ち着いていった。初夏の一夜、源氏に対して、

月影＝月光。
はかなき世＝再会もおぼつかない、この世。
あさはかに＝重大でないさまをいう。歌で、死別の可能性に触れなかったことを指す。

《難波から須磨へ向かう源氏一行》

入道は娘（明石の君）に寄せる期待の並々ならぬ事を打ち明ける。源氏は入道の希望を入れ、娘に消息を送るようになったが、身の程を思って慎重に構える女の態度を、身分不相応な心高さと受け取る。

八月十三日の月明かりの夜、源氏は明石の君と契った。世評をはばかり、また紫の上を思う源氏の足は、自然、間遠であった。明石の君の嘆き、物思いは深い。

二条の君の、風のつてにも漏り聞きたまはむことは、たはぶれにても心の隔てありけると思ひ疎（うと）まれたてまつらむは、心苦しう恥づかしう思（おぼ）さるるも、あながちなる御心ざしのほどなりかし。かかる方のことをば、さすがに、心とどめて怨みたまへりし折々、などて、あやなきすさびごとにつけても、さ思はれたてまつりけむ、など、取り返さまほしう、人のありさまを見たまふにつけても、恋しさの慰む方なければ、例よりも御文こまやかに書きたまひて、奥に、（源氏）「まことや、我ながら心より外（ほか）なるなほざりごとにて、疎まれたてまつりし節々（ふしぶし）を、思ひ出づるさへ胸いたきに、またあやしうものはかなき夢をこそ見はべしりか。かう聞こゆる問はず語りに、隔てなき心のほどは思（おぼ）し合はせよ。誓ひしことも」など書きて、（源氏）「何事につけても、

《源氏、明石の君のもとに向かう》

二条の君＝紫の上。
かかる方のこと＝源氏の女性関係。
あやなきすさびごと＝つまらない遊び半分の恋愛事。
人のありさま＝明石の君の様子。
恋しさ＝紫の上に対する恋しさ。
あやしうものはかなき夢＝明石の君との逢瀬を暗に言う。
問はず語り＝尋ねられもしないのに自分から話すこと。

しほしほとまづぞ泣かるるかりそめのみるめは海人のすさびなれども」

とある御返り、何心なくらうたげに書きて、はてに、「（紫）忍びかねたる御夢語りにつけても、思ひ合はせらるること多かるを、

うらなくも思ひけるかな契りしを松より波は越えじものぞと」

おいらかなるものから、ただならずかすめたまへるを、いとあはれにうち置きがたく見たまひて、名残久しう、忍びの旅寝もしたまはず。

「しほしほと」歌＝「しほしほ」に「潮」を、「かりそめ」に「刈り」を、「みるめ」は「見る目」に「海松布」を掛ける。「潮」「刈り」「海松布」は海人の縁語。

思ひ合はせらるること＝思い当たること。過去の源氏の浮気沙汰をいう。

「うらなくも」歌＝「君をおきてあだし心をわが持たば末の松山波も越えなむ」（古今集・陸奥歌）による。「契りし」は源氏の「誓ひしことも」を受ける。「うら」に「浦」を掛ける。「浦」「波」は縁語。

忍びの旅寝＝お忍びで女の許に通うこと。ここでは、明石の君の所に通うこと。

年が明けた。朱雀帝は譲位を思い、源氏赦免を決定、源氏は懐妊した明石の君に琴を残して明石を後にした（以上、明石巻）。

源氏二十九歳の三月中旬、明石の君に女児が誕生したとの知らせを受ける。帝・后並び立つとの宿曜を思い合せ、将来の后がねとしての姫君に心を配る一方、紫の上にも打ち明ける（以上、澪標巻）。

源氏三十一歳の秋、明石の君が上京し、大堰の邸に移り住んだ。姫君に対面した源氏は自邸への引き取りを思案するが、明石の君の気持ちを思うと切り出せない。帰邸後、姫君引き取りの件を相談された紫の上は、自分の手で養育したいと思うのだった（以上、松風巻）。

冬、姫君の将来のために娘を手放すことを明石の君に切り出し、姫君は紫の上のもとに引き取られ袴着を済ませた。

源氏三十二歳の春、藤壺が崩御する。人知れず悲嘆にくれる源氏に、出生の秘密を知った冷泉帝が譲位の意向を示す。源氏はこれを固辞し、太政大臣にとの勧めも受けなかった。

秋のころ、斎宮（さいくう）女御を相手に春秋優劣論を話題にし、女御が秋に心を寄せ、紫の上が春を愛することを知る。この頃、朝顔前斎院へ求婚するが、前斎院は応じなかった（以上、薄雲・朝顔巻）。

源氏三十五歳の八月、四季の町からなる六条院が完成し、紫の上、花散里、秋好（あきこのむ）中宮（もとの斎宮女御）、明石の君が春夏秋冬それぞれの季節の情趣を主とする御殿に入った（以上、少女（おとめ）巻）。

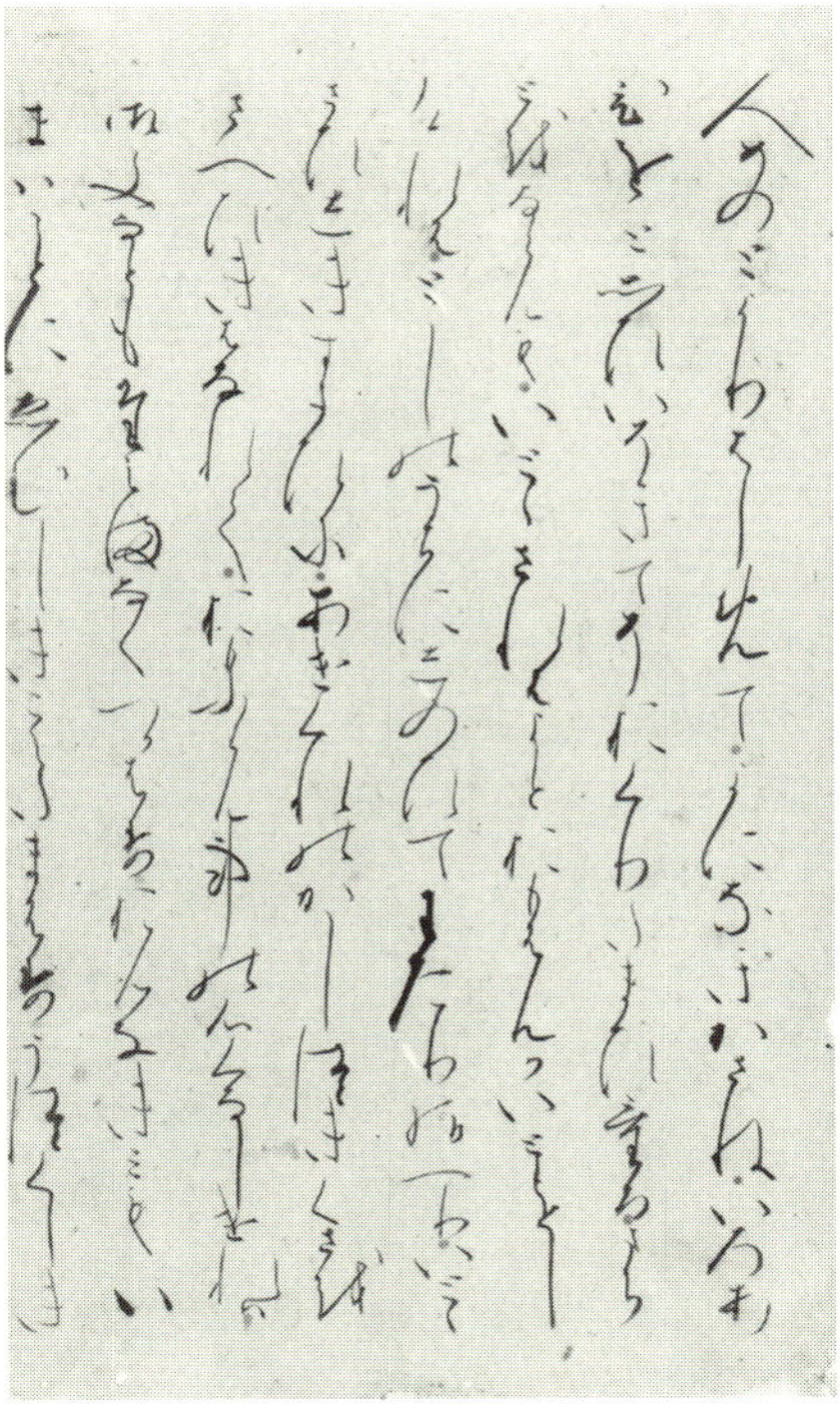

伝藤原為家筆大四半切源氏物語

場面は薄雲巻で、明石姫君を紫の上のもとへ引き取った後、源氏が明石の君を大堰に訪ねようとする。

【翻刻】人めのとよりはしめてよになきかさねいろあ／ひをと思ひいそきてそおくりたまひけるまち／とをならんもいと、されはよとおもはんかいとをし／けれはとしのうちにしのひてわたり給へりいと、／さひしきすまひにあけくれのかしつきくさを／さへひきはなれておもふらん事の心くるしけれは／御文なともたえまなくつかはすおんなきみもい／まはことにゐむしきこえたまはすうつくしき

衣配り（玉鬘巻）

源氏は、某院で命果てた夕顔のことが忘れられない。彼女の乳母子で侍女であった右近も、今は紫の上付きの女房であったが、もし夕顔が存命ならば、と残念に思う日々を過ごしていた。

夕顔の遺児の玉鬘は、筑紫で美しく成長していた。美貌を伝え聞いて求婚者が後を絶たないが、姫君の上京を心に掛けていた乳母は、すべてを投げ捨てて筑紫を脱出した。源氏三十五歳の三月のことである。京にたどり着きはしたものの何の頼り所もなく途方に暮れていたが、その秋、初瀬に参詣した際に、右近に邂逅したのであった。右近からこのことを聞いた源氏は、玉鬘を六条院の夏の町の西の対に迎え取り、花散里に後見を依頼した。聡明で教養も高く美しい玉鬘に源氏は満足する。

年の暮れ、源氏は紫の上とともに、女性たちの正月用の晴着を調えた。それぞれの年齢や容貌、性格にふさわしい衣裳を見立てて配るのである。

年の暮に、御しつらひのこと、人々の装束など、やむごとなき御列に思しおきてたり。かかりとも、田舎びたることやと、山賤の方にあなづり推しはかりきこえたまひて調じたるも、たてまつりたまふついでに、織物どもの、我も我もと、手を尽くして織りつつ持て参れる細長、小袿の、色々さまざまなるを御覧ずるに、（源氏）「いと多かりける

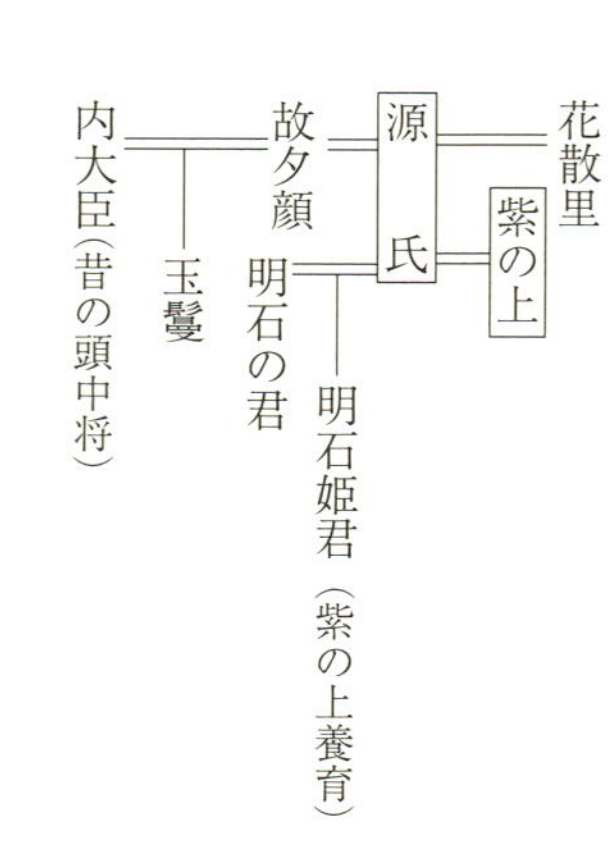

織物＝模様を織り出した絹織物。

ものどもかな。方々に、うらやみなくこそものすべかりけれ」と、上に聞こえたまへば、御匣殿に仕うまつれるも、こなたにせさせたまへるも、皆取う出させたまへり。かかる筋はた、いとすぐれて、世になき色あひ、にほひを染めつけたまへば、ありがたしと思ひきこえたまふ。ここかしこの擣殿より参らせたる物ども御覧じくらべて、濃き赤きなど、さまざまを選らせたまひつつ、御衣櫃、衣箱どもに入れさせたまうて、おとなびたる上臈どもさぶらひて、これはかれはと取り具しつつ入る。

上も見たまひて、（紫）「いづれ劣りまさるけぢめも見えぬものどもなめるを、着たまはむ人の御容貌に思ひよそへつつたてまつれたまへかし。着たる物の人のさまに似ぬは、ひがひがしくもありかし」とのたまへば、大臣うち笑ひて、（源氏）「つれなくて、人の容貌推しはからむの御心なめりな。さて、いづれをとか思す」と聞こえたまへば、（紫）「それも鏡にてはいかでか」と、さすがに恥ぢらひておはす。

紅梅のいと紋浮きたる葡萄染の御小袿、今様色のいとすぐれたるとはこの御料、桜の細長に、つややかなる掻練取り添へては姫君の御料

細長＝袿・小袿の上に着た日常着。

小袿＝裳唐衣より略式の女房装束。高貴な女性の日常着でもある。→参考図
上＝紫の上。源氏の妻妾の一人。

御匣殿＝ここでは、六条院内の、衣類の調達所。

かかる筋＝染色や裁縫などの技術。

にほひ＝染色技術の一つ。ぼかし染。

擣殿＝衣を砧で擣つ所。光沢を出すために砧で衣を擣つ。

物＝砧で擣ち、つやを出した絹。

濃き赤き＝紫の濃いのや赤いのや。

御衣櫃＝衣裳を入れる櫃。「櫃」は、方形で蓋付きの箱。

衣箱＝衣装箱。「御衣櫃」よりも薄く小型。

大臣＝源氏。

紅梅のいと紋浮きたる葡萄染＝紅梅の模様がくっきり浮き出るように織られた葡萄染。「紋」は模様。「葡萄染」は薄紫色。

今様色のいとすぐれたる＝袿か。袿は、貴族女性の日常着。「今様色」は流行色の意。濃い紅梅色。→参考図
桜＝桜襲。表は白、裏は蘇芳、または葡萄色。

掻練＝柔らかく練った絹。薄紅色。

姫君＝明石姫君。源氏の娘。紫の上が養育している。実母は明石の君。

浅縹の海賦＝小袿か。「浅縹」は薄い藍色。「海賦」は、波、海松、貝、松など海辺の風物を様式的な模様にしたもの。

なり。浅縹の海賦の織物、織りざまなまめきたれど、にほひやかならぬに、いと濃き掻練具して夏の御方に、曇りなく赤きに、山吹の花の細長は、かの西の対にたてまつれたまふを、上は見ぬやうにて思しあはす。内の大臣の、はなやかに、あなきよげとは見えながら、なまめかしう見えたる方のまじらぬに似たるなめりと、げに推しはからるるを、色には出だしたまはねど、殿は見やりたまへるに、ただならず。

（源氏）「いで、この容貌のよそへは、人腹立ちぬべきことなり。よしとても、物の色は限りあり、人の容貌は、おくれたるも、またなほ底ひあるものを」とて、かの末摘花の御料に、柳の織物の、よしある唐草を乱れ織れるも、いとなまめきたれば、人知れずほほ笑まれたまふ。梅の折枝、蝶、鳥、飛びちがひ、唐めいたる白き小袿に、濃きがつややかなる重ねて、明石の御方に、思ひやり気高きを、上はめざましと見たまふ。空蝉の尼君に、青鈍の織物、いと心ばせあるを見つけたまひて、御料にある梔子の御衣、聴し色なる添へたまひて、同じ日着たまふべき御消息聞こえめぐらしたまふ。げに、似ついたるども見むの御心なりけり。


夏の御方＝花散里。源氏の妻妾の一人。夏の町に住む。

曇りなく赤き＝袿か。

山吹の花＝山吹襲。表は薄朽葉、裏は黄色。

かの西の対＝玉鬘。源氏の養女。実父内大臣、母故夕顔。

内の大臣＝内大臣。昔の頭中将。

末摘花＝源氏が関係を持った女性。故常陸宮の娘。今は二条東の院に住む。

柳の織物＝柳色。萌黄の縦糸、白の横糸で織る。

唐草＝唐草模様。蔓草をかたどったものなので、「乱れ織れる」という。

梅の折枝、蝶、鳥、飛びちがひ＝小袿に織り出された模様。

濃きがつややかなる＝袿か。「濃き」は濃い紫。

明石の御方＝明石の君。源氏の妻妾の一人。冬の町に住む。

空蝉の尼君＝源氏が一度関係を持った女性。以後は拒み続けた。二条東の院に住む。

青鈍＝青みを帯びた鈍色（ねずみ色）。尼にふさわしい色。

梔子の御衣＝梔子色の袿。「梔子」は、くちなしの実で染めた、黄みを帯びた濃い黄色。これも尼にふさわしい色。

聴し色＝禁色に対して誰もが着られる色。「今様色」に同じ。濃い紅梅色。

同じ日＝元日。

源氏三十六歳の正月、紫の上と歌を贈答した後、六条院の女性たちのもとを訪れた。明石姫君、花散里、玉鬘と訪れた後、明石の君を訪れて、その夜はそこに泊まった。二条東の院に住む末摘花、空蝉のもとにも、忙しい時期をやり過ごして訪れる（以上、初音巻）。

三月、秋好中宮の季（き）の御読経（みどきょう）の前日、源氏は船楽を催す。盛大な遊宴に参加する貴公子たちの中には、玉鬘に関心を寄せる人々も多い。そうした人々の中で、蛍兵部卿宮（昔の帥宮）との交際を玉鬘に勧める源氏は、蛍の光で玉鬘の姿を宮に見せたりする（以上、胡蝶・蛍巻）。

野分の垣間見（野分（のわき）巻）

源氏は夕霧を紫の上からは注意深く遠ざけていた。しかし、秋深まったころ、激しい野分が六条院を襲い、夕霧は偶然紫の上を垣間見る。

南の御殿（おとど）にも、前栽（せんざい）つくろはせたまひける折にしも、かく吹き出でて、もとあらの小萩（こはぎ）、はしたなく待ちえたる風のけしきなり。折れ返

《秋好中宮の季の御読経に、鳥と蝶の装束を着た童女が紫の上の使者を務める》

南の御殿＝紫の上の御殿。東南の町。

もとあらの小萩＝「宮城野のもとあらの小萩露を重み風を待つごと君をこそ待て」（古今集・恋四・読人不知）による。

り、露もとまるまじう吹き散らすを、すこし端近うて見たまふ。大臣は、姫君の御方におはしますほどに、中将の君参りたまひて、東の渡殿の小障子の上より、妻戸の開きたる隙を、何心もなく見入れたまへるに、女房あまた見ゆれば、立ちとまりて、音もせで見る。御屏風も、風のいたう吹きければ、押し畳み寄せたるに、見通しあらはなるに、庇の御座にゐたまへる人、ものに紛るべくもあらず、気高くきよらに、さとうちにほふ心地して、春の曙の霞の間より、おもしろき樺桜の咲き乱れたるを見る心地す。あぢきなく、見たてまつるわが顔にも移り来るやうに、愛敬はにほひたり、またなくめづらしき人の御さまなり。

御簾の吹き上げらるるを、人々押さへて、いかにしたるにかあらむ、うち笑ひたまへる、いといみじう見ゆ。花どもを心苦しがりて、え見捨てて入りたまはず。御前なる人々も、さまざまにものきよげなる姿どもは見わたさるれど、目移るべくもあらず。大臣のいと気遠くはるかにもてなしたまへるは、かく見る人ただにはえ思ふまじき御ありさまを、いたり深き御心にて、もしかかることもやと思すなりけり、と

大臣＝源氏。三十六歳。

姫君＝明石姫君。紫の上に養育されている。実母は明石の君。

中将の君＝夕霧。源氏と葵の上との息子。十五歳。

東の渡殿＝「渡殿」は、寝殿と対の屋を結ぶもの。ここでは、東の対と寝殿を結ぶ渡殿。

小障子＝小さな襖張りの衝立。

《小障子》　風俗博物館

妻戸＝寝殿の東西両側面にそれぞれ二箇所設けられた両開きの板戸。外側に開く。妻戸を出ると簀子になり、渡殿に通じる。→参考図
庇の御座にゐたまへる人＝紫の上。「庇」は、母屋の周囲を取り巻く部分。

樺桜＝山桜の一種。「かには桜」とも。花期は八重桜より遅く、樹皮は細工物に用いられる。

気遠く＝源氏が、紫の上と夕霧との間を遠ざけていることを示す。疎遠だ、親しみがない、の意。

かかること＝夕霧が紫の上を垣間見て、心動かさること。

思ふに、けはひ恐ろしうて立ち去るにぞ、西の御方より、内の御障子（みさうじ）引き開けて渡りたまふ。

（源氏）「いとうたて、あわたたしき風なめり。御格子（みかうし）下ろしてよ。男ども（をのこ）もあるらむを、あらはにもこそあれ」と聞こえたまふを、また寄りて見れば、もの聞こえて、大臣もほほ笑（ゑ）みてぞ見たてまつりたまふ。親ともおぼえず、若くきよらになまめきて、いみじき御容貌（かたち）の盛りなり。女もねびととのひ、飽かぬことなき御さまどもなるを見るに、身にしむばかりおぼゆれど、この渡殿の東の格子も吹き放ちて、立てる所のあらはになれば、恐ろしくて立ち退（の）きぬ。


今参るやうにうち声（こわ）づくりて、簀子（すのこ）の方に歩（あゆ）み出でたまへれば、（源氏）「さればよ、あらはなりつらむ」とて、かの妻戸の開きたりけるよと、今ぞ見咎めたまふ。年ごろかかることのつゆなかりつるを。風こそげに巌（いはほ）も吹き上げつべきものなりけれ、さばかりの御心どもを騒がして、めづらしくうれしき目を見つるかな、とおぼゆ。


西の御方＝明石姫君が住む寝殿の西側。

内の御障子＝「障子」は、今日の襖にあたる。ここでは、寝殿の東側と西側とを隔てるもの。

うたて＝事態が悪化することを嘆く気持ちを表す。ひどい。

あわたたしき風＝突然の風。

御格子＝「廂」と「簀子」の間を隔てる格子。↓参考図
男ども＝家来たち。

女＝紫の上。二十八歳。男女対座の場面なので「女」と呼ぶ。

ねびととのひ＝成熟しておとなびる。成長して容姿がおとなの感じになる。

この渡殿の東の格子＝夕霧がいる東の渡殿の格子。

恐ろしくて＝源氏と紫の上の仲睦まじい様子を覗き見て、禁忌に触れたような思い。紫の上を垣間見た際にも「けはひ恐ろしうて」とあった。

うち声づくりて＝「声づくる」は、咳払いをする。夕霧が源氏に対して、自分がここにいると示すためにおこなっている。

簀子＝殿舎の廂（ひさし）の外につくられた縁。通路のほか、応接の場などとしても用いられる。

風こそげに巌も吹き上げつべきものなりけれ＝当時の俗信、諺の類か。警戒が厳重な中、野分の力によって紫の上を垣間見ることができた、という気持ちを表す。

女三宮の降嫁（若菜上巻）

六条院行幸（藤裏葉巻）の後、朱雀院は重く病み、出家を思うが、鍾愛の女三宮の将来を案じている。婿選びに苦慮を重ねた末、院の内意は源氏にと固まっていった。源氏は、亡き藤壺中宮の姪に当たる女三宮に心動くものがあり、その後見を承諾した。紫の上は、内面の動揺を抑えて、冷静に対処しようとする。

年明けて源氏四十歳の二月二十日過ぎ、女三宮は源氏の妻として六条院に迎え入れられた。

かくて、如月の十余日に、朱雀院の姫宮、六条院に渡りたまふ。（中略）三日が程は、夜離れなく渡りたまふを、年ごろさもならひたまはぬ心地に、忍ぶれどなほものあはれなり。（中略）などて、よろづのことありとも、また人をば並べて見るべきぞ、あだあだしく、心弱くなりきにけるわがおこたりに、かかることも出で来るぞかし（中略）と、われながらつらく思し続けらるるに、涙ぐまれて、（源氏）「今夜ばかりは、ことわりと許したまひてむな。これより後のとだえあらむこそ、身ながらも心づきなかるべけれ。またさりとて、かの院に聞こし召さむことよ」と思ひ乱れたまへる御心のうち、苦しげなり。すこしほほ

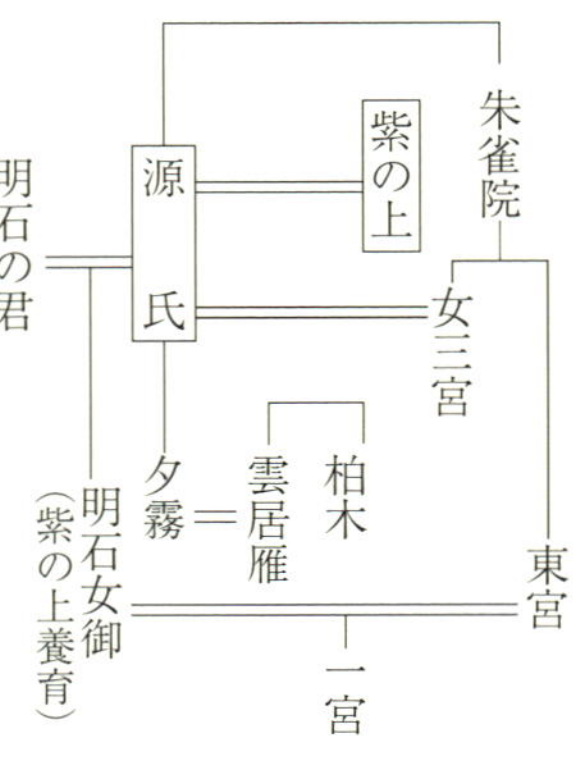

朱雀院の姫宮＝女三宮。父は朱雀院。母は故藤壺女御（藤壺の異母妹）。
六条院＝源氏の邸。女三宮は東南の町（春の町）の寝殿に迎えられた。
三日が程＝女三宮と源氏の結婚の儀式の間。結婚の儀式は三日間続く。
夜離れ＝夜、夫が妻のもとに通ってこないこと。
などて＝以下、「出で来るぞかし」まで源氏の心

笑みて、（紫）「みづからの御心ながらだに、え定めたまふまじかなるを、ましてことわりも何も。いづこにとまるべきにか」と、いふかひなげにとりなしたまへる、恥づかしうさへおぼえたまひて、つらづゑをつきて、寄り臥(ふ)したまへれば、御硯(すずり)を引き寄せたまひて、

（紫）目に近く移れば変はる世の中を行く末遠く頼みけるかな

古言(ふること)など書き交ぜたまふを、取りて見たまひて、はかなき言(こと)なれど、げに、とことわりにて、

（源氏）命こそ絶ゆとも絶えめ定めなき世の常ならぬ仲の契りを

とみにもえ渡りたまはぬを、（紫）「いとかたはらいたきわざかな」と、そそのかしきこえたまへば、なよよかにをかしき程に、えならずにほひて渡りたまふを、見出だしたまふも、いとただにはあらずかし。（中略）あまり久しき宵居(よひゐ)も、例ならず人やとがめむ、と心の鬼に思(おぼ)して入りたまひぬれば、御衾(ふすま)参りぬれど、げにかたはらさびしき夜(よ)な夜(よ)な経(へ)にけるも、なほただならぬ心地すれど、かの須磨の御別れの折を思(おぼ)し出づれば、今はとかけ離れたまひても、ただ同じ世のうちに聞きたてまつらましかばと、わが身までのことはうち置き、あたらしく悲

中。女三宮との結婚を承諾したことへの後悔の念。

今夜＝結婚三日目の夜。最も重要。

かの院＝朱雀院。女三宮の父。源氏の異母兄。

恥づかしうさへおぼえたまひて＝紫の上の態度の立派さに、自分を恥じる源氏の気持ち。面と向かって顔向けできない。

「目に近く」歌＝「秋萩の下葉につけて目に近くよそなる人の心をぞ見る」（拾遺集・雑秋・読人不知）を踏まえている。

古言＝古歌。自詠の「目に近く」歌以外に何首か古歌を書き加えているのである。

「命こそ」歌＝先の紫の上の歌と並んでいるが、贈答歌とは言えない。

心の鬼＝良心の呵責(かしゃく)。気がとがめて。

衾＝夜、寝る時に上に掛ける物。掛け布団。襟と広口の袖を持った直垂(ひたたれ)衾(ぶすま)と長方形の衾とがあった。

夜な夜な＝光源氏が女三宮のもとに通っている新婚三日間。

かの須磨の御別れ＝源氏が須磨に退去する時のこと。十四年前になる。

その紛れ＝源氏の官位剥奪、須磨退去時の別居生活を指す。

人＝源氏。

言ふかひあらまし世かは＝言っても始まらない、お話にもならない夫婦の仲だっただろうに、の意。

しかりしありさまぞかし、さて、その紛れに、われも人も命堪へずなりなましかば、言ふかひあらまし世かは、と思し直す。風うち吹きたる夜のけはひ冷やかにて、ふとも寝入られたまふぬを、近くさぶらふ人々、あやしとや聞かむと、うちも身じろきたまはぬも、なほいと苦しげなり。夜深き鶏の声の聞こえたるも、ものあはれなり。

わざとつらしとにはあらねど、かやうに思ひ乱れたまふけにや、かの御夢に見えたまひければ、うちおどろきたまひて、いかにと心騒がしたまふに、鶏の音待ち出でたまへれば、夜深きも知らず顔に、急ぎ出でたまふ。（中略）雪は所々消え残りたるが、いと白き庭の、ふとけぢめ見えわかれぬ程なるに、（源氏）「なほ残れる雪」と忍びやかに口ずさみたまひつつ、御格子うち叩きたまふも、久しくかかることなかりつるならひに、人々も空寝をしつつ、やや待たせたてまつりて引き上げたり。（源氏）「こよなく久しかりつる、身も冷えにけるは。懼ぢきこゆる心のおろかならぬにこそあめれ。さるは、罪もなしや」とて、御衣ひきやりなどしたまふに、すこし濡れたる御単の袖をひき隠して、うらもなくなつかしきものから、うちとけてはたあらぬ御用意など、いと恥

夜深き鶏の声＝一番鶏の鳴き声。夜明けが近いことがわかる。

御夢に見え＝物思いにふけっていると魂が抜け出して相手の元に現れると考えられていた。

鶏の音＝紫の上が聞いた「夜深き鶏の声」と同じ鳴き声。男は女性の元に泊まった翌朝は、一番鶏が鳴いてから夜が明けるまでに帰るのが礼儀。

なほ残れる雪＝「子城の陰なる処には猶残れる雪あり　衙鼓の声の前には未だ塵有らず」（白氏文集）による。望郷の気持ちを詠んだ漢詩。

《女三宮のもとより帰った源氏、閉められた格子を叩く》

格子＝廂の周囲の柱間に掛ける建具。→参考図
単＝裏の付いていない衣。肌着として用いる。

づかしげにをかし。限りなき人と聞こゆれど、難かめる世を、と思し比べらる。よろづいにしへのことを思し出でつつ、とけがたき御気色を怨みきこえたまひて、その日は暮らしたまへれば、え渡りたまはで、寝殿には御消息をぞ聞こえたまふ。

「ひとへぎぬ」とも。→参考図
限りなき人＝女性としてはこれ以上ないという身分。女三宮のこと。内親王であることからいう。
思し比べらる＝女三宮と紫の上とを。
その日＝新婚第四日目。

源氏は宮の幼稚さに失望し紫の上に改めて強い愛情を覚えるが、二人に生じた溝はもはや埋められなかった。懐妊の兆候のあった明石女御の里下がりを機に、紫の上は自ら申し出て女三宮と対面した。

源氏四十一歳の三月、明石女御は東宮の皇子を出産した。三月末、六条院で蹴鞠が催された。遊びに加わった柏木は、御簾のはずれに女三宮の立ち姿を垣間見た。女三宮に対する思いを捨てきれずにいた柏木は、わが恋の報われたしるしかと思い乱れるのであった（以上、若菜上巻）。

源氏四十七歳の正月、女楽が催された。その直後、紫の上は発病し、三月二条院へ移るとともに、源氏は付ききりで看護にあたった。この源氏不在に乗じて、柏木は女三宮と密通する。この頃紫の上は六条御息所の死霊により危篤に陥るが、五戒を受けて蘇生した。

紫の上が小康を得た夏の末、懐妊した女三宮のもとで柏木からの恋文を発見して真相を知った源氏は、柏木に皮肉を言う。そのことにより、柏木は病に臥した（以上、若菜下巻）。

源氏四十八歳の春、女三宮が男子（薫）を出産し出家したことを知った柏木は、夕霧に事情をほのめかして死去する（以上、柏木巻）。

死去（御法巻）

紫の上は、数年前の大病以来、健康が思わしくない。出家を望むが、源氏は許さなかった。

源氏五十一歳の三月十日、法華経千部供養が紫の上の私邸二条院で盛大におこなわれた。死期の近いことを予感する紫の上は、明石の君・花散里と歌を交わし、別れを告げた。

夏になり、紫の上の病は進んだ。明石中宮は里下がりをして見舞う。紫の上は、中宮と三宮（匂宮）にさりげなく遺言した。幼い宮たち、特にかわいがっていた匂宮と女一宮の成長を見ずに命を終えるのは、心残りである。

秋になっても紫の上の容態は思わしくない。内裏に帰参のため、明石中宮が病床を訪れた夕べ、紫の上は、源氏と中宮に見守られて静かにその生を終えた。

秋待ちつけて、世の中すこし涼しくなりては、御心地もいささかさはやぐやうなれど、なほともすれば、かごとがまし。さるは、身にしむばかり思さるべき秋風ならねど、露けき折がちにて過ぐしたまふ。

《紫の上の御願により法華経供養がおこなわれた》

冷泉院
秋好中宮（源氏養女）
明石の君
紫の上
源氏
朱雀院
今上帝
明石中宮（紫の上養育）
東宮
三宮（匂宮）
女一宮

中宮は、参りたまひなむとするを、今しばしは御覧ぜよとも、聞こえまほしう思(おぼ)せども、さかしきやうにもあり、内裏(うち)の御使(つかひ)の隙(ひま)なきもわづらはしければ、さも聞こえたまはぬに、あなたにもえ渡りたまはねば、宮ぞ渡りたまひける。かたはらいたけれど、げに見たてまつらぬもかひなしとて、こなたに御しつらひをことにせさせたまふ。

こよなう痩(や)せ細りたまへれど、かくてこそ、あてになまめかしきことの限りなさもまさりてめでたかりけれと、来(き)し方(かた)あまりにほひ多く、あざあざとおはせし盛りは、なかなかこの世の花のかをりにもよそへられたまひしを、限りもなくらうたげにをかしげなる御さまにて、いとかりそめに世を思ひたまへる気色(けしき)、似るものなく心苦しく、すずろにもの悲し。

風すごく吹き出(い)でたる夕暮に、前栽(せんざい)見たまふとて、脇息(けふそく)に寄りゐたまへるを、院(ゐん)渡りて見たてまつりたまひて、(源氏)「今日は、いとよく起きゐたまふめるは。この御前(おまへ)にては、こよなく御心もはればれしげなめりかし」と聞こえたまふ。かばかりの隙(ひま)あるをも、いとうれしと思ひきこえたまへる御気色(みけしき)を見たまふも心苦しく、つひにいかに思(おぼ)し騒が

秋待ちつけて＝病人にはつらい夏の暑さの中で、涼しい秋が待たれていた。

かごとがまし＝ここでは、病気がぶりかえすこと。

身にしむばかり思さるべき秋風＝「秋吹くはいかなる色の風なれば身にしむばかりあはれなるらむ」（和泉式部集）による表現。

中宮＝明石中宮。源氏の娘。母は明石の君。紫の上が養育した。

今しばしは御覧ぜよ＝紫の上は自分の死を予感しているので、中宮に留まってほしいのである。

さかしきやう＝中宮の行動に口を挟むのは、出過ぎていると判断する。

内裏の御使＝早く宮中に戻るように、という帝からの使者。中宮が寵愛されていることを示す。

あなた＝明石中宮がいる二条院の東の対。

こなた＝紫の上がいる二条院の西の対。

御しつらひ＝ここでは、中宮にふさわしい座席などを設けること。

痩せ細りたまへれど＝当時はふっくらしているのが美人の条件だが、病で痩せ細っている紫の上は美しい、と讃美する。

あざあざと＝際立ってはっきりとしたさま。「あざ」は、「あざやか」の「あざ」に同じ。

この世の花のかをりにもよそへられたまひし＝紫の上は、野分巻で樺桜(かばざくら)に、若菜下巻で桜に喩えられていた。

院＝源氏。

かばかりの隙＝身を起こせるほどの小康状態。

む、と思ふに、あはれなれば、

（紫）おくと見るほどぞはかなきともすれば風に乱るる萩のうは露

げにぞ、折れかへりとまるべうもあらぬ花の露も、よそへられたる折さへ忍びがたきを、

（源氏）ややもせば消えをあらそふ露の世に後れ先だつほど経ずもがな

とて、御涙を払ひあへたまはず。宮、

（中宮）秋風にしばしとまらぬ露の世を誰か草葉のうへとのみ見む

と聞こえ交はしたまふ御容貌ども、あらまほしく、見るかひあるにつけても、千年を過ぐすわざもがな、と思さるれど、心にかなはぬことなれば、かけとめむ方なきぞ悲しかりける。（紫）「今は渡らせたまひね。乱り心地いと苦しくなりはべりぬ。いふかひなくなりにけるほどと言ひながら、いとなめげにはべりや」とて、御几帳引き寄せて臥したまへるさまの、常よりもいと頼もしげなく見えたまへば、（中宮）「いかに思さるるにか」とて、宮は、御手をとらへたてまつりて、泣く泣く見たてまつりたまふに、まことに消えゆく露の心地して、限りに見えたまへば、御誦経の使ども、数も知らず立ち騒ぎたり。先ざきも、かくて

「おくと見る」歌＝「おく」は「起く」と「（露が）置く」との掛詞。庭の光景に心情を託して詠んでいる。辞世の歌とされる。

「秋風に」歌＝「露」「草葉」は縁語。

御容貌ども＝紫の上と明石中宮の二人の容貌。

渡らせたまひね＝東の対にお戻りくださいませ、の意。明石中宮への言葉。

まことに＝三人の「露」を詠んだ唱和歌や「露の命」とする発想などを受けて、「まことに」とする。

御誦経の使ども＝紫の上の延命や病気平癒の祈祷を僧侶に依頼しに行く使者たち。

先ざきも＝若菜下巻で、紫の上は一時絶命したが、その後蘇生したことがあった。

《紫の上が息を引き取った後、源氏は茫然と見守る》

生き出でたまふ折にならひたまひて、御物の怪(もののけ)と疑ひたまひて、夜(よ)一夜(ひとよ)さまざまのことをし尽くさせたまへど、かひもなく、明け果つるほどに消え果てたまひぬ。

宮も、帰りたまはで、かくて見たてまつりたまへるを、限りなく思(おぼ)す。誰(たれ)も誰(たれ)も、ことわりの別れにて、たぐひあることとも思(おぼ)されず、めづらかにいみじく、明(あ)けぐれの夢に惑(まど)ひたまふほど、さらなりや。さかしき人おはせざりけり。

御物の怪と疑ひたまひて＝物の怪のしわざであれば、物の怪を調伏(ちょうぶく)すれば、蘇生するはず。
消え果て＝「消え」は露の縁語。「明け果つる」と「消え果て」とは照応している。「露」は日の光によって「消え果」つものである。
ことわりの別れ＝死別を言う。
明けぐれの夢＝紫の上の死が現実のこととは思われず、まだほの暗い頃に見た夢ではないか、という気持ち。死に直面した人々の混迷した様子をいう。

翌八月十五日、葬送がおこなわれた。帝を始めとして、人々の弔問が続く中、悲嘆にくれる源氏は、今は出家を志していた。だが、紫の上の死ゆえの衝動的なものであってはならないとも思う。故人をしのび、出家する女房たちも少なくない。致仕大臣(ちじのおとど)（昔の頭中将）の懇ろな弔問もあった。秋好中宮の弔問に、源氏は、往時の春秋争いを思い起こして、改めて涙にくれるのであった（以上、御法巻）。

年が改まった源氏五十二歳の年、季節の巡りとともに、紫の上を偲び、自分の生涯を回顧する源氏であった（以上、幻巻）。

《桜の盛りに紫の上を想い嘆く源氏。傍らに匂宮》

参考図

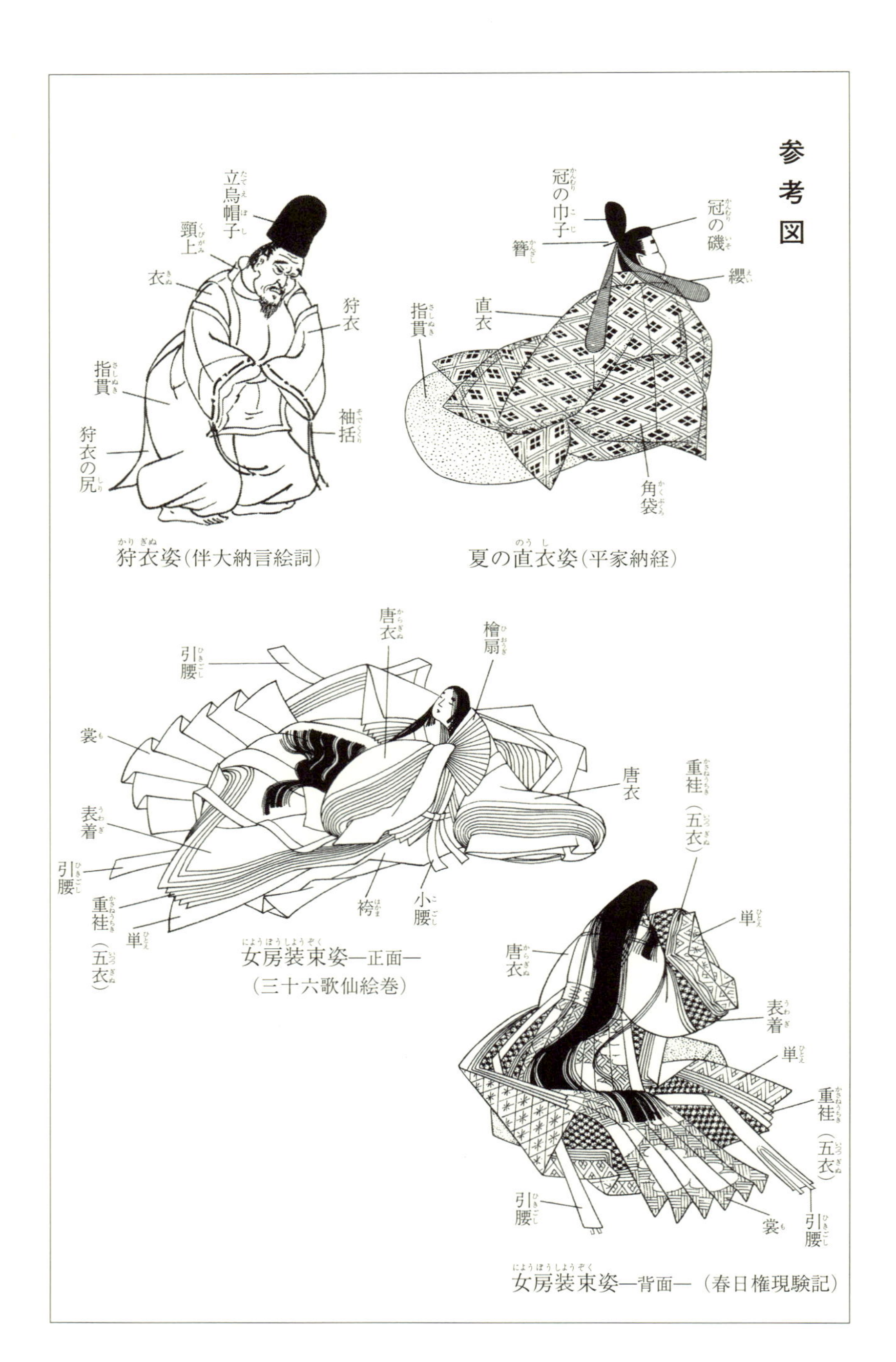

狩衣姿（伴大納言絵詞）

夏の直衣姿（平家納経）

女房装束姿—正面—（三十六歌仙絵巻）

女房装束姿—背面—（春日権現験記）

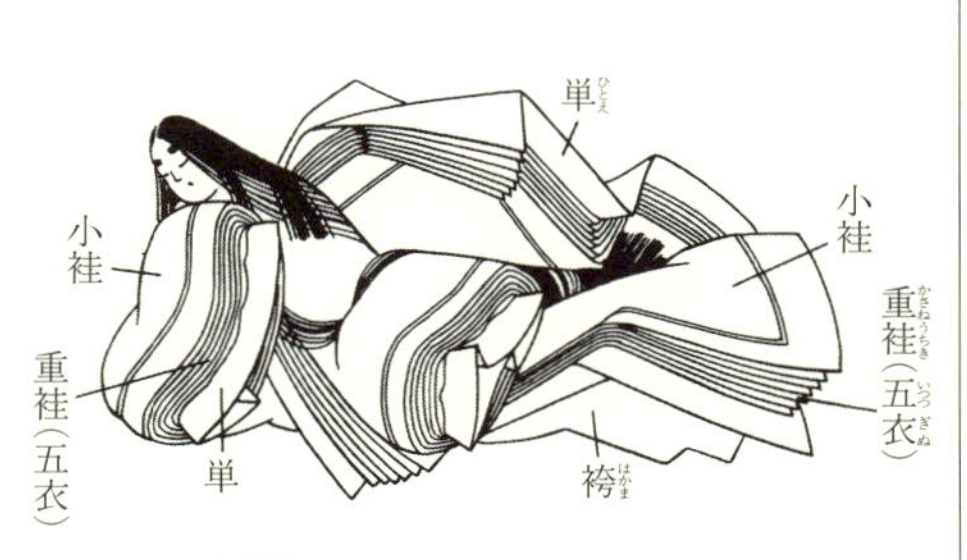

小袿姿（春日権現験記）

袿袴姿（春日権現験記）

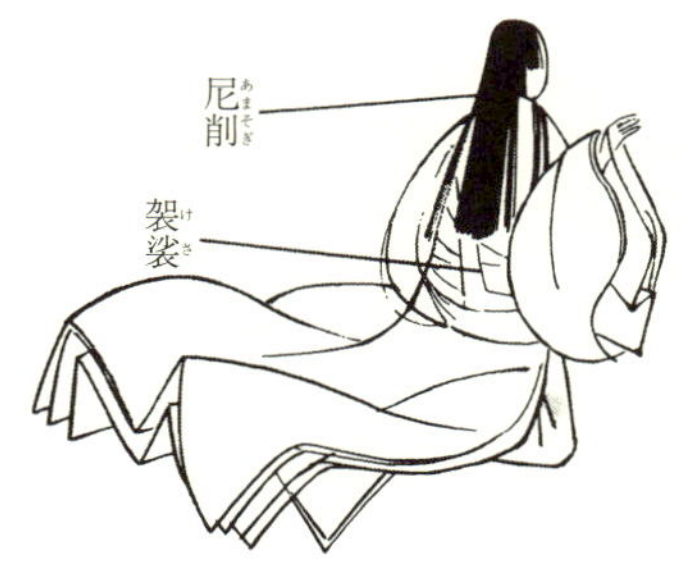

尼姿（源氏物語絵巻）

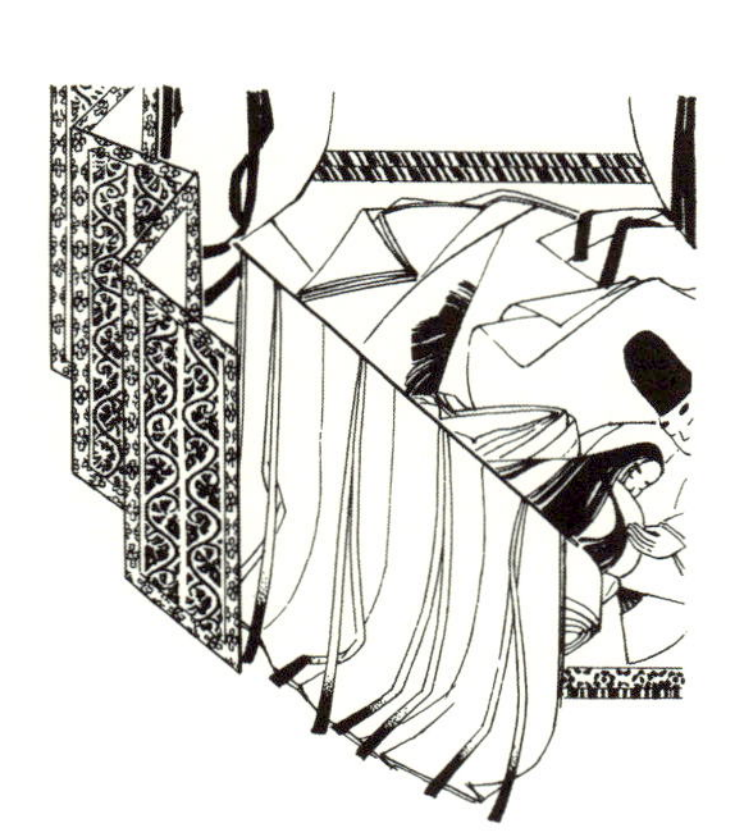
屏風と几帳（源氏物語絵巻）

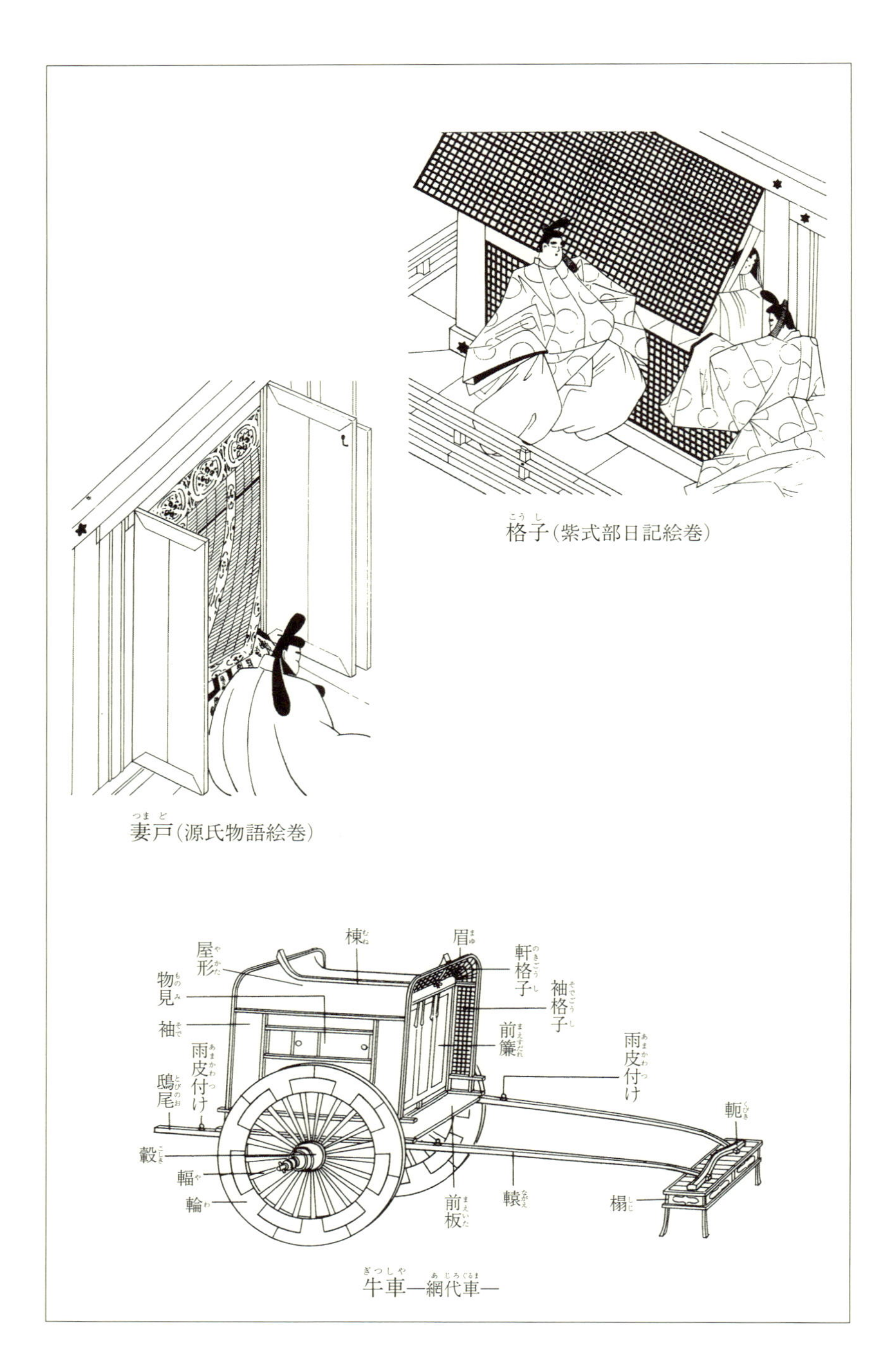

格子(紫式部日記絵巻)

妻戸(源氏物語絵巻)

牛車—網代車—

本書に関連する各巻の内容

巻名	天皇	源氏の年齢	事項
桐壺	桐壺帝	1歳	源氏、誕生。
		3歳	桐壺更衣、逝去。
		11歳	藤壺（先帝の第四皇女）、桐壺帝の許に入内。この頃、源氏臣籍降下したか。
		12歳	源氏、元服。左大臣の娘、葵の上と結婚。
帚木		17歳	五月雨の夜、源氏は頭中将らと女性談義をする（雨夜の品定め）。 源氏、中川の紀伊守邸に方違えし、空蝉に逢う。
空蝉			源氏、紀伊守邸で空蝉の寝所に忍び込むが逃げられ、軒端の荻と契る。
夕顔			源氏、六条に住む高貴な女性と関係を持つ。 夏、源氏、大弐の乳母を見舞う際、隣家の夕顔の咲く家に興味を持つ。 八月、源氏、夕顔を某の院に連れ出すが、夕顔、物の怪に襲われ頓死。
若紫		18歳	春、源氏、北山で紫の君を見出す。 夏、藤壺と密通する。 六月、藤壺の懐妊がわかる。

			冬、源氏、紫の君を引き取る。
末摘花			春、源氏、零落した宮家の姫君（末摘花）の噂を聞く。 冬、末摘花と契るが、雪明かりの夜、末摘花の器量に驚く。 十二月、末摘花から源氏の正月用の装束が贈られる。
紅葉賀		18歳	十月、朱雀院行幸。源氏、青海波を舞う。
		19歳	二月、藤壺、皇子（後の冷泉帝）を出産。 七月、藤壺、立后。
花宴		20歳	源氏、父院から六条御息所との関係を諌められる。 二月、南殿の花宴の夜、源氏、朧月夜と契る。 三月、右大臣邸の藤花の宴に招かれ、朧月夜と再会する。
葵	朱雀帝	22歳	桐壺帝譲位、朱雀帝即位。源氏は東宮（藤壺腹の皇子）の後見を務める。 四月、斎院の御禊の日、葵の上と六条御息所とが場所を巡り争う（車争い）。 懐妊中の葵の上、物の怪に苦しむ。源氏の目前に物の怪登場。 八月、葵の上、男子（後の夕霧）を出産するも、司召の夜亡くなる。 冬、源氏、紫の君と新枕。
賢木		23歳	秋、六条御息所の伊勢下向の日が近くなり、源氏は野宮を訪ねる。
		24歳	十一月、桐壺院崩御。 十二月、桐壺院供養の法華八講の果ての日、藤壺出家。
		25歳	夏、源氏、朧月夜との密会露見。右大臣や弘徽殿大后の怒りをかう。
花散里		25歳	源氏方の人々の昇進なく、左大臣辞職。 夏、源氏、花散里を訪ねる。
須磨		26歳	三月、源氏、須磨へ退居。

巻名	天皇	源氏の年齢	内容
		27歳	三月、上巳の祓い、大暴風雨起こる。夢に故桐壺院が現れる。
明石		27歳	明石入道、住吉明神の夢告により、源氏を明石へ迎える。 八月、源氏、明石の君と契る。
		28歳	七月、源氏帰京の宣旨が下る。源氏、懐妊した明石の方を残し帰京。
澪標	冷泉帝	29歳	二月、朱雀帝譲位、冷泉帝即位。源氏内大臣に就く。 三月、明石の君、女子（後の明石中宮）出産。 秋、源氏は、病床にある六条御息所を見舞う。御息所、間もなく亡くなる。 源氏と藤壺は、前斎宮（六条御息所の娘）の冷泉帝入内をはかる。
蓬生			四月、十年ぶりに末摘花と再会。 十二月、源氏、末摘花の生活の面倒をみる。華やかな故常陸宮邸。
関屋			九月、源氏、石山詣の途、逢坂の関で空蝉一行に出会う。
絵合		31歳	春、前斎宮、冷泉帝の許に入内（斎宮女御）。 三月、斎宮女御方と弘徽殿女御方で絵合、斎宮女御方勝つ。
松風			秋、明石の君、母尼君・明石姫君とともに上京、大堰に住む。
薄雲		31歳	冬、源氏、明石姫君を二条院に引き取り、紫の上に養育させる。
		32歳	春、太政大臣逝去。三月、藤壺崩御。 秋、斎宮女御と春秋優劣論。
朝顔		32歳	源氏、朝顔前斎院に求婚するも、応じてもらえない。 源氏と紫の上、藤壺ら女性を評する。その夜、夢で故藤壺に恨まれる。
少女		35歳	八月、六条院完成。紫の上たち、移転。

巻名	天皇	年齢	出来事
玉鬘	冷泉帝	35歳	三月、玉鬘、筑紫から上京。 秋、初瀬詣での際、玉鬘と右近が出会う。 年末、衣配り。
初音		36歳	元日、正月早々、源氏、明石の君のもとに泊まる。
胡蝶			三月、秋好中宮（前の斎宮女御）、季の御読経をおこなう。
蛍			五月、蛍兵部卿宮、蛍の光で玉鬘を垣間見る。
常夏			源氏、玉鬘への思いを募らせ、処遇に苦慮する。
篝火			初秋、源氏、玉鬘を訪れ、篝火の煙に寄せて思いを訴える。
野分			八月、夕霧、紫の上を垣間見る。
行幸		37歳	二月、玉鬘、実父内大臣により裳着。
藤袴			夕霧、玉鬘が内大臣の娘だと知り、心惹かれる。
真木柱			十月、玉鬘、髭黒と結婚。
梅枝		39歳	二月、明石姫君、裳着。
藤裏葉			四月、夕霧、雲居雁（内大臣の娘）と結婚。明石姫君、東宮へ入内。 秋、源氏、准太政天皇になる。 十月、冷泉帝と朱雀院、六条院行幸。
若菜上		39歳	朱雀院、出家。
		40歳	正月、玉鬘により源氏四十賀がおこなわれる。 二月、女三宮、六条院降嫁。
		41歳	三月、明石女御、東宮の皇子を出産。

巻名	天皇	源氏の年齢	内容
若菜下	今上帝	46歳 47歳	柏木、六条院の蹴鞠で女三宮を垣間見る。 冷泉帝譲位、今上帝即位。明石女御腹の第一皇子（東宮）、立太子。 正月、女楽。その直後、紫の上、発病する。 柏木、女三宮と密通。 夏、源氏、二人の密通を知り、女三宮懐妊の真相を悟る。
柏木		48歳	春、女三宮、男子（薫）出産、出家。六条御息所の死霊現る。 柏木、死去。
横笛		49歳	夕霧、亡き柏木の妻、落葉宮を見舞う。
鈴虫		50歳	八月、秋好中宮、夢で母六条御息所が成仏できないことを知り、供養を考える。
夕霧			夕霧、落葉宮と結婚。
御法		51歳	三月、紫の上、法華経千部供養をおこなう。 八月、紫の上、死去。
幻		52歳	源氏、季節の巡りとともに、紫の上を偲ぶ。

〔著　者〕
米田明美　甲南女子大学教授　博士（国文学）
中葉芳子　関西大学非常勤講師　博士（文学）

源氏物語を彩るひとびと

二〇一五年二月二八日　初版第一刷発行
著　者　米田明美
　　　　中葉芳子
発行者　大貫祥子
発行所　株式会社青簡舎
〒一〇一-〇〇五一
東京都千代田区神田神保町二-一四
電話　〇三-五二一三-四八八一
振替　〇〇一七〇-九-四六五四五二
印刷・製本　藤原印刷株式会社

ISBN978-4-903996-83-7 C1093
Printed in Japan